제주,
로컬,
브랜드

Jeju

제주, 로컬, 브랜드

Local

Brand

곽효정 지음

제주도에서
나만의 브랜드를 만나다

'어디에서 어떤 일을 할지'는 늘 나의 고민이었습니다. 적당히 주어진 일을 하기보다 나에게 어울리고 내가 좋아하는 일을 하고 싶었고, 살던 곳에서 살아가기보다 살고 싶은 곳을 선택하고 싶었습니다. 그러다 보니 꽤 긴 시간 방황도 했습니다. 여기인가 싶었던 장소가 떠나고 싶은 곳이 되었고, 이 일인가 싶었던 일은 더는 하기 싫은 일이 되었으니까요. 도대체 '나'라는 사람은 무엇을 하며 어디에서 어떻게 살아야 할 것인가. 그 오랜 고민에서부터 건져 올린 단어가 바로 '브랜드'였습니다.

포털사이트의 지식백과를 참고해 어원을 살펴보면 브랜드 brand는 노르웨이 고어 'brandr'에서 나온 것으로 추정됩니다. 이 단어는 '태운다to burn'라는 뜻을 지니고 있는데, 고대 유럽에서 가축의 소유주가 자기 가축에 낙인을 찍어 주인임을 보여주는 것이 브랜드의 일반적인 유래입니다. 시간이 흐르면서 브랜드는 여러 변화를 겪은 후 복잡한 상징물이 되었습니다. 한 제품의 속성, 이름, 포장, 가격, 역사, 그리고 광고 방식을 포괄하는 무형의 집합체를 뜻하는 말로 변형되었고, 현재는 '자기다움'을 상징하는 단어로 개개인의 정체성을 상징할 때에도 '브랜드'를 사용하게 되었습니다.

개개인이 사용하면서 브랜드의 뜻은 더욱더 폭넓게 변했습니다. '나'라는 사람이 어디에서 어떻게 살아가는지를 고민하여 나답게 살아가는 방식을 터득해나가는 것을 '브랜딩'이라고 표현합니다. 저는 몇 번의 시행착오를 거친 후에 '브랜드'라는 단어를 갈고 닦으며 제주도에 정착하게 되었습니다. 제주도에는 오랫동안 자신이 무엇을 좋아하고 무엇을 하고 싶은지를 고민해온 사람들이 많이 살고 있었습니다. 덕분에 스스로 '브랜드'가 되어 자신의 삶을 자기답게 '브랜딩' 해나가는 모습을 곁에서 지켜보았습니다. 그들은 자신이 운영하는 가게, 회사 등이 곧 자신의 삶을 표명해주는 수단이 되고, 그 운영방식을 통해서 자기다움을 보여주는 브랜딩을 계속해서 실천해가고 있었습니다.

브랜드와 브랜딩은 유명 상표만의 단어가 아닙니다. 한 사람이 자신의 삶을 잘 꾸려가기 위해 자기 자신을 바로 아는 것이 브랜드이고, 자신이 하고 싶은 일을 자신만의 방식으로 해나가는 것이 브랜딩입니다. 유명한 사람의 브랜드 이야기는 특별히 와닿지 않았는데, 그 이유는 주변에서 자신만의 방식으로 삶을 일궈나가는 사람의 이야기라야 내게도 적용할 수 있기 때문입니다. 그렇기에 저는 2018년부터 2023년까지 제주 곳곳을 다니면서 나만의 브랜드를 만들어가는 사람들을 만나서 인터뷰했습니다.

육지에서 지금 하는 일과 관련된 일을 해왔던 사람도 있지만, 그렇지 않은 사람도 많았습니다. 그들은 제주도로 이주해서 무엇을 해야 할지 오랫동안 고민했고 자신의 삶이 투영되는 일을 업으로 삼았습니다. 자신만의 특색과 이야기가 묻어나는 공간의 사장님들, 저는 그런 소상공인이 곧 브랜드라고 생각합니다. 그들의 공통점은 '생계'와 '삶'을 연결하는 일을 선택했다는 것입니다. 그들은 자신이 무엇을 좋아하는지를 찾아 나섰고 몇 번의 실패 혹은 경험을 통해서 자신에게 꼭 맞는 일을 찾았습니다. 그리고 그 일을 꾸려가기 위해서 자신만의 철칙을 세웠습니다. 그렇게 철칙을 지켜내면서 그들은 자신의 삶과 일의 균형을 이뤄가고 있었습니다. 그들은 자신이 일하는 곳과 자신이 연결되어 있다는 사실을 알고 있습니다. 지역의 일에 관심을 보이고 주변 소상공인과 소통합니다. 자신만의 업을 찾는 것이 각자도생의 길이라고 생각했지만, 사실 알고 보면 그것은 각자도생이 아닌 '함께'가 되는 길입니다. 지금의 일을 하게 된 계기는 저마다 다르지만, 그들에게는 로컬에서 자신만의 브랜드를 꾸려나간다는 공통점이 있습니다. 그들은 첫발을 내딛기까지 얼마나 오래 방황하고 힘겨웠는지를 알기 때문에 같은 길을 걸어가는 사람들과 상생하고자 합니다. 그러므로 그들은 자신이 속한 세계, 곧 로컬에 관심을 가질 수밖에 없습니다.

이 책은 자신이 속한 로컬이라는 세계에서 어떤 목표를 갖고 어떻게 살아갈지를 고민하는 소상공인들의 인터뷰를 담았습니다. 저는 그들의 이야기를 들으면서 내가 찾던 '로컬브랜드'가 바로 그 사람들이라는 것을 알게 되었습니다. 그들은 제주도라는 로컬에서 무엇에 가치를 두고 어떻게 일해야 할지를 고민하며 자신만의 이야기를 만들어가고 있습니다. 많은 돈을 벌거나 유명해지는 것이 목표가 아니라, 그들만의 원리와 원칙으로 일과 삶을 지속해나가는 모습을 보면서 저는 어떻게 살아야 할지를 다시 생각하게 되었습니다.

그들을 통해서 배운 삶의 방식이 자신만의 삶을 살고자 하는 사람들에게 도움이 되기를 바랍니다. 그리고 더불어 대기업이나 대형마켓만이 승자독식하는 세상이 아니라 동네 골목골목마다 자신만의 이야기를 만들어가는 보통 사람들의 브랜드가 '작은 경제활동'을 꾸준히 이끌어가기는 세상이 되기를 희망합니다.

"정말,

제주에서

먹고살 수 있을까?"

목차

PART 1

나의 브랜드는
거룩한 노동

○

라이스나이스는 과거(전통)와 현재가 만나는 세화 떡집이다. 40년간 세화제분소라는 떡방앗간을 운영한 할아버지와 할머니의 가업을 이어받은 손녀, 강이란 대표가 2019년에 문을 열었다. 떡이나 쌀베이킹을 한 '라이스' 제품만이 아니라 제주농산물을 활용한 제주보리개역, 청귤청, 한라봉잼과 상애떡, 제주식 과즐 등 '나이스'한 제주 제품이 가득하다.

할머니와 손녀의
합작떡

라이스나이스

라이스나이스

강이란

"오랜 단골이 오면 할머니가 엄청나게 자랑하세요. 손녀가 여기서 지금 떡 만들고 있다고요. 할머니는 이제 나이 들어서 넘겨줘야 하는데, 앞으로 가게를 더 키워서 할 수 있는 만큼 열심히 도와줄 거라고도 하세요. 할머니가 좋아하시니까 저도 기쁘고 재밌어요."

어릴 적 방앗간의 기억이 지금 일을 하는 데
영향을 준 건가요?

수능 점수에 맞춰 식품영양학과를 전공했고 졸업해서 영양사로 근무했어요. 그런데 영양사 일이 나와 맞지 않았죠. 사실 방앗간 일은 안 하고 싶었어요. 되게 힘들거든요. 창업을 위해 여러 사업 아이템을 구상했는데, 계속해서 할머니의 떡 방앗간 풍경이 떠오르더라고요. 명절 때 방앗간 일을 도왔던 기억, 내가 좋아하는 가래떡이 만들어지는 모습, 떡 냄새… 그 모든 것이 내게 소중한 시간이었던 걸 깨달았죠. 제주를 대표하는 떡이 오메기떡인데요. 다른 떡을 만들면 어떨까 하고 고민했어요. 라이스나이스는 떡을 기반으로 한 관광 상품을 만들고 싶어서 시작했어요. 예비 창업 패키지를 통해서 창업자 자금을 지원받고 대출도 받아서 나만의 브랜드로 키워가고 있어요.

처음부터 세화리에

자리 잡은 것은 아니었죠?

처음에 제주시에서 시작해 1년간 고군분투했어요. 이후에 할머니가 허리 수술을 하셔서 제주시 가게를 정리하고 세화리 방앗간 옆에서 같이 일하게 되었어요. 그건 좋은 계기가 되었어요. 할머니 곁에 있으니 전통 떡을 자세히 보게 됐고요. 할머니로부터 떡에 대한 조언을 듣기도 했어요. 원래 퓨전 떡만 만들었는데 지금은 전통 떡을 접목해서 만들며 레시피가 풍성해졌죠. 세화리로 들어간 덕에 몇 년 뒤엔 다시 제주시에 분점을 내게 되었고요.

라이스나이스의

시그니처 떡은 어떤 건가요?

'콩팥앙금떡'이에요. '잔떡'이라는 제주 전통떡이 있어요. 반달 모양이랑 동그란 해 모양인데요. 할머니가 만드는 잔떡에 저만의 콩팥앙금레시피를 결합한 떡이에요. 손으로 만들어서 시간이 오래 걸리고 정성이 필요한 떡인데요. 그만큼 이 떡을 찾는 분이 많아요. 할머니가 제주쑥인절미를 만들고요. 저랑 이모는 찹쌀인절미에 카스테라가루를 묻혀보기도 하고, 속에 바나나진액을 섞어서 바나나인절미를 만들어보기도 하고요. 할머니, 이모, 저, 이렇게 삼대가 다양한 시도를 하고 있어요.

제주 로컬 원물을 활용해서

시즌별 떡도 만든다고요?

봄에는 생쑥에 멥쌀가루를 살짝 뿌려서 쑥버무리를 만들고요. 여름에는 초당옥수수를 넣은 초당옥수수설기, 가을에는 늙은 호박을 넣은 카스테라설기를 만들어요. 겨울에는 겨울무를 활용한 무시루떡을 만들어요. 앞으로 더 풍성하고 건강한 식재료를 사용하기 위해서 얼마 전에 유기농 식재료를 농부들이 직접 판매하는 장터의 회원으로 가입하기도 했어요. 그곳에서 유기농 재료를 받아서 계절마다 다양한 떡을 만들 예정이에요.

2022년에 다시 제주시에 가게를 하나 더 오픈했는데, 이유가 있어요. 1982년에 할머니가 방앗간을 연 시점부터 보리개역을 만들어 판매했거든요. 보리개역은 할머니가 예전에 만들었던 방식 그대로 보리와 콩만을 사용해서 고소하게 볶은 제주식 미숫가루예요. 할머니가 예전부터 그 제품을 유통하고 싶어 하셨어요. 그래서 제주시에 작업공간을 마련해 즉석판매제조업 허가를 받았어요. 보리개역을 포장과 설명서를 만들어서 유통을 시작했는데요. 포장지에 'since 1982'라고 기록했어요. 할머니가 오랫동안 만들어왔다는 점을 기억하기 위해서죠. 할머니가 새롭게 포장된 제품을 보시고 신기해하시면서 눈시울을 붉히셨어요. 세화리가 멀어서 자주 오지 못하는 손님들이 제주시에 있는 가게로 찾아오시는데요. 가게가 하나 더 생기면서 할 일이 늘었지만, 더 많은 손님을 만날 수 있어서 좋아요.

어릴 땐 방앗간 일이 힘들어서 하지 않겠다고 했지만,
지금은 그 곁에서 일하고 있어요. 어떤 마음이실까요?

사실 요즘도 기름 짜러 오는 분이 있을까 싶었어요. 그런데 있더라고요. 손님들도 직접 갖고 온 깨를 기름으로 짜서 가져 가니 의미가 남다른 것 같고요. 할머니한테 아직도 그 자리에 계셔주셔서 고맙다고 하시더라고요. 할아버지, 할머니가 정 말 필요한 일을 하고 계셨던 거더라고요. 방앗간이 점점 사 라지고 있지만, 할아버지와 할머니는 끝까지 지켜내서 한 분 이라도 헛걸음하지 않게 해야 한다고 하세요. 그런 모습 보면 생산직이 힘들지만, 보람이 큰 직업이구나 느껴요. 오랜 단골 이 오면 할머니가 엄청나게 자랑하세요. 손녀가 여기서 지금 떡 만들고 있다고요. 할머니는 이제 나이 들어서 넘겨줘야 하 는데, 앞으로 가게를 더 키워서 할 수 있는 만큼 열심히 도와 줄 거라고도 하세요. 할머니가 좋아하시니까 저도 기쁘고 재 밌어요.

날마다 떡을 만들려면
오래 준비해야 할 텐데 일과가 궁금해요.

할머니가 새벽 4시 30분에 제분소를 열고 떡 만드는 일을 준

비하세요. 저랑 이모는 8시쯤 와서 떡을 만들고요. 보통 떡집
은 떡만 만들거나 택배만 전문으로 하는데 저희는 소·도매
도 하고 택배도 보내야 해서 저는 오전에 택배 나가는 분량을
챙겨요. 최대한 점심까지 소매 떡 준비를 마치고요. 점심 이
후부터 떡을 판매하고 다음 날을 위한 준비도 하면서 하루를
보내요.

라이스나이스는

어떤 철칙을 가지고 있나요?

가게에 오셨을 때 소비자들이 기분이 좋았으면 해요. 그래서 저희도 무리가 가지 않는 선에서 서비스해 드리려고 노력하거든요. 친근감의 표시이고요. 또 친근한 가게가 되었으면 하는 바람이에요. 사람 얼굴을 잘 기억하는 편이라서 오신 고객을 기억하고 반갑게 인사해드리면 좋아하세요. 사람 냄새가 나는 가게를 만드는 것이 라이스나이스의 철칙이라고 할 수 있겠네요. 또 제게 영양사와 위생사 면허증이 있는데요. 대표가 가진 역량을 맘껏 발휘하기 위해서 위생에 더 많이 신경 쓰는 가게를 만들려고요.

업계 선배이자 동료가 된 할머니에게

하고 싶은 이야기가 있어요?

할머니의 옛날 마인드와 지금 저의 마인드가 안 맞을 때도 있어요. 그럴 때 짜증 낸 것이 죄송해요. 제가 아이디어를 낼 때마다 잘 받아주시고 실현해주시고 또 역으로 할머니가 이건 이렇게 해봐라, 저렇게 해봐라, 의견을 주셔서 큰 도움을 받고 있다고 말씀드리고 싶어요. 제가 쑥고물을 만들고 싶다 그럴 때 할머니의 예전 손맛으로 상품이 만들어졌는데요. 그것도 지금 엄청 좋은 반응을 얻고 있어요. 다 할머니 덕분이지요.

대표님의 소울푸드도 할머니가

만들어주신 음식일 것 같아요.

저는 매운 음식을 좋아해서 몸이 지치고 힘들 때 닭발이나 떡볶이가 먹고 싶어요. 떡볶이는 가래떡으로 만들어야 하고요. 가래떡을 좋아하거든요. 어릴 때 방앗간에서 늘 먹었던 거니까요. 할머니가 쓰던 쌀은 가래떡 만들기에 아주 적합한 쌀이에요. 그래서 가래떡이 맛있다고 일부러 찾아오는 손님도 있었어요. 그런 거 보면 방앗간이 제게 큰 영향을 끼쳤네요.

앞으로 할머니와 함께 이루고 싶은

꿈이 있으신가요?

제주산 원물을 활용해서 보리개역과 떡을 가공하고, 또 적정한 가격으로 유통하고 있어요. 거래처에 원재료비의 부담을 덜어드리면 저희 매출에도 도움이 되니까요. 그렇게 제주도에 있는 사업자 대표님들과 상생하기를 원해요. 그리고 제주도 외 지역과 해외에서도 제주 원물을 활용한 떡을 먹을 수 있게 유통을 확대하고 싶어요. 행사나 제사 때만 떡을 먹는 게 아니라 빵처럼 디저트로 즐길 수 있게 만들고 싶어요. 나아가서 저희 떡이 동양의 디저트로 자리매김했으면 좋겠어요.

라이스나이스를 대표할 만한 가치 단어

세 가지는 무엇인가요?

우선 '삼대三代'라는 단어를 꼽고 싶어요. 할머니와 딸 그리고 손녀가 함께 만들고 있으니까요. 두 번째 단어는 '따뜻함'이에요. 오랜 세월 방앗간을 하시면서 할머니는 한결같이 정감 있게 손님을 대했어요. 저와 이모도 할머니의 마음을 이어받아서 고객에게 따뜻함을 전하려고 해요. 오신 손님을 기억했다가 작은 떡 하나라도 서비스로 챙겨드리고 있어요. 이제는 주문할 때 고객들이 먼저 자신의 사연을 알려주시기도 해요. 기쁜 날, 축하하고 싶은 날 저희 떡을 선물하신다는 메시지를 받을 때마다 따뜻함을 주고받고 있다는 생각이 들어요. 그리고 마지막 단어는 '나이스nice'예요. 한국어로 해석하면 '좋은, 즐거운, 멋진'이라는 뜻이잖아요. 브랜드네임처럼 나이스한 브랜드를 만들고 싶어요.

제주도외 지역과 해외에서도 제주 원물을 활용한 떡을 먹을 수 있게 유통을 확대하고
싶어요. 행사나 제사 때만 떡을 먹는 게 아니라 빵처럼 디저트로 즐길 수 있게 만들고
싶어요. 나아가서 저희 떡이 동양의 디저트로 자리매김했으면 좋겠어요.

○

하윤이네농원은 이수영 대표가 첫째 딸 하윤의 이름을 따서 지은 브랜드명이다. 대학 때부터 농부가 꿈이었던 이 대표는 그 꿈을 지지하는 아내를 만나 2014년 함께 제주로 이주했다. 현재는 유기농 노지감귤을 주로 생산하고 있으며 6월에는 미니단호박, 8월에는 무농약 청귤, 12월에는 유기농 감귤과 채소를 재배한다.

가장 정직한 방법으로
농사 짓기

하윤이네 농원

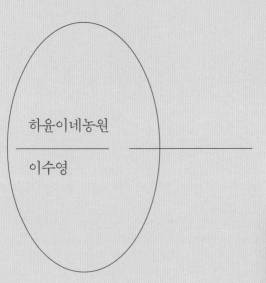

하윤이네농원

이수영

"우리가 사는 세상이 계속 나빠지기만 하는 게 아니듯 농사일도 그럴 거라고 생각해요. 사회가 좋은 방향으로 나아가다가 벽에 부딪히면 다시 서너 걸음 후퇴해요. 하지만 그다음에는 또 한 발 나가려고 하잖아요? 그러면 좋은 사회가 되지 않을까 하는 마음 때문에 농사를 짓습니다."

농부가 꿈이 된 계기가

무엇인가요?

대학교 때 '농촌 문제 연구회'의 '땅의 사람들'이란 동아리에 들어갔어요. 이곳에서는 사계절 농활을 진행하고 농업 이슈가 있으면 농민들과 연대해서 문제를 해결하며 축제 기간에는 농산물 직거래 장터를 열어요. 덕분에 저도 사계절 농활을 다녔어요. IMF 외환위기가 발생한 다음 해에 입학했는데요. 그땐 모두가 힘든 시절이었지만 농민이 제일 힘들었어요. IMF 직후에 농산물 가격이 많이 내렸거든요. 힘든 건 지금도 마찬가지고요. 농업은 '먹거리를 생산하는 일'이잖아요? 그런 의미에서 굉장히 가치 있다고 생각했어요. 그래서 스무 살 어린 나이에 농업을 지켜보자는 꿈을 가지게 되었죠.

땅의 사람들 동아리가 대표님이 농사를 짓는 데
큰 역할을 했군요?

이 동아리에서 자기 안위보다 더 나은 세상에 대한 갈망이 있는 선배를 많이 만났어요. 그들의 영향이 제일 컸어요. 우리 시대에 했던 학생운동은 사실 등록금 투쟁 빼고는 개인의 일과는 거리가 멀었죠. 농민들이 서울에 와서 집회를 열면 학생들이 동참했어요. 과격한 상황이 벌어지면 제일 앞장서서 싸웠고요. 노동자들이 처우 개선을 위해서 파업하거나 투쟁할 때도 학생들이 같이 싸웠어요. 그 시절 학생이었던 우리는 목숨을 걸 만한 무언가가 아직 없을 때였죠. 하지만 노동자와 농민은 달라요. 우리가 이야기하는 민중은 자기 삶을 위해 싸워야 했고, 지금도 그래요. 농민은 농산물 가격이 안 좋으면 바로 손해를 보고, 노동자는 일을 잃으면 생활이 안 되고요. 그땐 자기와 상관없는 일인데, 그들과 함께 싸워주는 학생들을 보고 굉장히 순수하다고 생각했어요.

그런 제가 농민이 되었어요. 그래서 농업 문제에 대한 불합리한 것을 개선하려고 목소리 내고 실천하려고 해요. 학생운동처럼 순수하지는 않아요. 내 삶, 내 일과 직결되니까요. 처음 제주 왔을 때 농사짓는 형님이 그래요. 제주 주민이 하와이 원주민처럼 될 것 같다고요. 2014년 당시 제주에 외지인이 많이 들어왔고 그들이 농지였던 땅을 펜션이나 집터로 바꾸면서 농지가 줄어들고 있었어요. 제주에서 농사 짓는 사람

들이 설 땅이 점점 사라진다는 말이었죠. 하와이처럼 제주도
도 개발이라는 명목으로 농지가 없어지고 있어요. 제주가 관
광지이긴 하지만, 무턱댄 난개발은 지속 가능한 삶을 위한 것
이 아니에요.

가치를 알고 농부를 꿈꾸셨는데요.

하지만 그 길이 험준하다는 것도 아셨을 텐데요?

농활 가면 그곳 현실을 대면해요. 1학년 봄에 농활 가서 밭을 개간했어요. 그 당시에는 손으로 직접 일했어요. 돌을 골라내고 소로 쟁기질하면서 배추를 심었죠. 여름이 돼서 다시 갔어요. 마을 집마다 돌면서 "땅의 사람들 농활대 왔습니다"라고 인사하는데, 어느 집에서 농부 어르신이 들어오라 그래요. 반주하면서 안주로 배추를 같이 드시면서 이런 말씀을 하세요. "이게 니들 고생해서 심었던 거야." 그리고 속 이야기를 하세요. 이것을 가락동에 가져갔다가 그냥 싣고 올 수밖에 없었다고요. 하차하는 작업비 때문에 배추를 내리면 파는 값보다 손해를 보게 된대요.

일하면 일할수록 빚이 늘어나는 이상한 구조예요. 어르신은 명의만 자신 소유이고, 가진 것은 모두 농협 것이라고 하셨죠. 농업으로 수입이 나야 농지 구입이나 임대를 위한 대출금을 갚을 수 있어요. 그런데 농사로 수익을 내는 것 자체가 불가능한 게 농촌의 현실이었어요. 농업은 사람을 먹여 살리는 생명의 일이잖아요. 그런데 한국에서는 먹거리 생산을 마치 제조업으로 여기고 대량 생산하여 농산물의 가격을 낮추기에만 급급했죠. 그런 상황에서 우리가 할 수 있는 일이 무언지 고민이 많았죠.

처음 농사를 짓는다고 했을 때 주변 반응은 어땠나요?

어느 날 누나가 말했어요. "네 딸 하윤이가 우리나라 광업을 지키기 위해서 광부가 된다고 그러면 너는 찬성하겠냐?"고 (웃음). 우리 아버지와 어머니도 농사짓다 도시로 가셨거든요. 가족은 농부 되는 일을 반대했어요. 서른 살이 되기 전에 농촌 오는 게 꿈이었는데, 그런 이유로 늦어졌어요. 그러다 아내를 만났어요. 아내는 "오빠 꿈이면 응원해줄게"라고 말했죠. 아내뿐 아니라 장인어른도 지지해주셨어요.

농부가 되기 전엔 어떤 준비들을 하신 건가요?

직장 다니면서 '도시생태귀농학교'에서 귀농수업을 들었어요. 그곳에선 농사법보다 마음가짐을 배웠어요. 농사짓기 전까지는 아무리 듣고 배워도 농사에 대해 몰랐어요. 제주에 와서 친환경 감귤농장에서 농업노동자로 1년 정도 일했어요. 그러면서 '한살림'을 알게 되었어요. 차츰 친환경이 하나의 농법이라고 생각하게 되었죠. 화학농법은 땅에도 안 좋지만, 약 치는 농부한테 더 안 좋거든요. 농약이 투여된 땅은 계속 산성화되고 황폐해지지만, 수확량을 늘리려면 어쩔 수 없이 화학비료를 써야 해요. 화산섬인 제주에는 비가 오면 토양에 뿌려진 비료가 쓸려 내려가요. 그래서 다른 지역보다 화학비료가 더 많이 쓰여요. 악순환이죠. 농지가 황폐해지는 것은 물론이고 지하수도 계속 오염되니까요. 그런 부분을 고려하다 보니

친환경이 지속 가능한 농법이라는 결론에 다다랐어요.

친환경농법은 약 치는 걸 하지 않잖아요.
그렇다면 병든 나무는 어떻게 극복해요?
극복하지 못해요. 친환경의 단점은 수확량이 적은 거예요. 감
귤에 농약을 안 쓰기 때문에 나무가 약해요. 또 화학비료를

안 주기 때문에 열매가 겉보기에도 못생기고 약해보이죠. 농사짓는 사람은 친환경 감귤을 '구지자'라고 해요. 그건 병충해의 흔적인데, 관행 약을 쓰면 깨끗하게 재배할 수 있겠죠. 그래도 가격은 안정적이에요. 한살림에서 봄에 약정을 해요. 저는 생산자조합원인데, 10톤을 출하하겠다고 하면 약정한 양이 다 소비돼요.

농산물 가격은 어떻게 정해져요?

농부는 농산물을 물건이라고 해요. 물건은 만드는 사람이 가격을 정하잖아요? 그런데 우리 농부는 그렇지 않아요. 물건을 공판장에 내놓고 경매해서 정해진 값을 받아요. 지금 귤값이 안 좋아요. 세상은 농업을 산업으로 치고, 자본주의 논리에 빗대어 보는데, 가만히 들여다보면 농업 분야에서 자본주의적 합의가 이뤄질 수가 없어요. 가장 큰 문제는 수입 농산물이거든요. 예를 들어 농산물 수입 장벽을 없애버리니 필리핀산 바나나가 들어왔고 제주도 바나나하우스가 다 망했어요. 그래서 바나나하우스에 감귤나무를 심기 시작한 게 만감류의 시초가 된 거죠. 요즘은 중국 곳곳의 거대한 산들에 다 감귤나무를 심고 있대요. 국내 바나나농가가 사라진 것처럼 감귤농가도 그렇게 될 수 있어요. 이런 근본 문제를 해결해야 농민이 농사를 생업으로 생활을 누릴 수 있어요.

자국에서 먹거리를 생산하는 힘을 잃을 때
새로운 형태의 식민지가 되는 거잖아요?

이번에 코로나19가 유행하면서 자국의 먹거리가 더 소중하게 되었어요. 우리나라 식량 자급률은 쌀을 제외하고 20퍼센트가 채 안 돼요. 우리 땅에서 생산하는 작물 중 국민을 먹여 살릴 수 있는 작물이 없어요. 식량의 무기화는 저렴한 수입 작물 때문에 우리가 생산할 힘을 잃었을 때 벌어지는 거예요.

처음 농사를 지었을 때를 기억하세요?

아는 형님이 800평 밭을 소개해주셔서 첫 농사를 지었죠. 농업노동자로 다른 농장에서 일할 때였는데, 오후 5시에 일 끝나면 와서 일일이 손으로 밭작물을 다 심었어요. 일손을 빌리는 것도 모르고 기계도 쓸 줄 몰라서 다 손으로 했어요. 내 농사의 첫발을 내딛는 일이라 힘들어도 기분이 좋았어요. 초보 농사꾼이니까 해 떨어질 때까지 심는데도 꼬박 며칠이 걸렸어요. 그때 처음으로 농협에 콜라비 15킬로그램을 내 이름으로 냈어요. 드디어 농업협동조합 조합원이 되었고, 경영체가 생겨 첫 출하를 했는데, 이것저것 제하고 수익이 건당 6천 원이 안 되었어요. 어떤 농부는 농사가 '3년 사업'이라고 해요. 한 해 돈 벌어서 2년 손해를 메꾼다는 이야기예요.

어느덧 농부 10년 차가 되셨어요.

농사로 생활을 영위할 만큼 수익을 내셨는지요?

네이버 블로그에 귀농일기를 써요. 그걸 본 분들이 귀농에 대해서 쪽지로 질문해요. 그들이 제일 걱정하는 게 안정적인 생활이에요. 농사는 고정수입이 없으니까요. 저는 농업노동자보다 작은 규모라도 내 농사를 시작하고, 시간이 날 때 아르바이트하는 게 낫다고 제안해요. 왜냐하면 농가에서 일당을 받든, 월급을 받든 하면 그 자리에 머물기 쉽더라고요. 고정

수입이라는 유혹이 점점 내 농사를 짓기 어렵게 만들어요. 저는 골프장에서 잔디 깎는 일을 해요. 새벽 4시에 하루를 시작해서 아침 8시에 그 일을 끝내요. 그다음부터 본업에 들어가요. 새벽에 일하는 건 내 농사를 짓기 위해서예요.

애초에 농사일이 어렵다는 걸 알고 시작하셨는데요.
어려운 걸 알면서도 계속 그 일을 하는 에너지는 어디에서 비롯되나요?

우리가 사는 세상이 계속 나빠지기만 하는 게 아니듯 농사도 그렇다고 생각해요. 사회가 좋은 방향으로 나아가다가 벽에 부딪히면 다시 서너 걸음 후퇴해요. 하지만 그다음에는 또 한 발 나가려고 하잖아요? 그러면 좋은 사회가 되지 않을까 하는 마음 때문에요. 그런 마음이 내게 있어요. 사실은 얼마 전에 저희 밭이 해걸이를 한데다 태풍이 세 번 오면서 감귤 출하를 거의 못 했어요. 밭에서 나온 걸 모두 가공으로 보냈어요. 너무 힘들더라고요. 그래서 그다음 해 목표가 '너무 열심히 살지 말자'예요. 근데 그것도 쉽지가 않아요. 지금의 상황이 경제적으로 나아지지 않았지만, 우선은 마음의 여유를 가지려고요.

작은 규모라도 내 농사를 시작하고, 시간이 날 때 아르바이트하는 게 낫다고 제안해요.
왜냐하면 농가에서 일당을 받든, 월급을 받든 하면 그 자리에 머물기 쉽더라고요.
고정수입이라는 유혹이 점점 내 농사를 짓기 어렵게 만들어요. 저는 골프장에서 잔디
깎는 일을 해요. 새벽 4시에 하루를 시작해서 아침 8시에 그 일을 끝내요. 그다음부터
본업에 들어가요. 새벽에 일하는 건 내 농사를 짓기 위해서예요.

○

문사기름집은 제주에서 비건버터를 직접 만들어서 판매하는 곳이다. 송현애 대표의 반려묘 '문사'의 이름과 한국식 표현인 '기름집'을 합해 만든 이름이다. 또한 '문사'는 부처님의 가르침으로 세 가지 지혜를 뜻하는 '문사수聞思修'에서 비롯된 이름이다. 문사수란, 부처님의 법문을 듣는 지혜, 내 삶에 법문을 비추어보는 지혜, 법문에 맞게 내 삶을 변화해가는 지혜를 뜻하는 말로, 듣고 생각하고 실천하는 문사수의 태도로 모든 제품을 수제작하고 있다.

문사수의 태도로 만드는
비건버터

문
사
기
름
집

문사기름집

——————— ———————

송현애

"제주에서 나는 좋은 재료를 이용해서 버터 만드는 일은 재밌어요. 재료가 어떻게 생산되고 자라는지 직접 볼 수 있으니까요. 한라산의 표고버섯 농장이나 노지 허브밭에 가서 타이거넛을 발견하고, 농부님이 어떻게 키우는지 보기도 해요. 그렇게 원물을 찾아다니면서 좋은 영감을 받아 새로운 버터를 만들기도 해요."

문사기름집은 어떤 곳인가요?

식품제조업 허가를 받은 비건버터 공장입니다. 일주일의 3일은 식물 기름을 바탕으로 일상의 맛과 향을 책임지는 비건 제품을 만들고, 3일은 비건버터를 판매하고 있어요. 듣고 생각하고 실천하는 문사수의 태도로 제주에서 모든 제품을 제작하며 그것을 통해 비건적 삶과 연결합니다.

어떤 계기로 비건버터를
만들게 되었어요?

서울에서 지금 하는 일과는 다른 일들을 해왔는데요. 일하면서 번아웃이 찾아왔고 몸과 마음이 아팠어요. 그러다 보니 어떻게 살아야 할지가 고민되더라고요. 그때 저희 요가 선생님이 비건적인 삶을 권유해주셨어요. 그가 말하기를, 스스로를 괴롭히지 않는 것도 비거니즘이라고 하셨죠. 그 말이 제게 와

닿았고 2019년에 실천의 일환으로 제주도로 내려왔어요. 잠시 쉬면서 비건적인 삶에 대해서 고민해보고 싶었어요. 식생활에도 적용하고 싶어서 동물성 식품을 줄여가면서 유제품 종류들을 섭취하지 않았어요. 그런데 제가 버터를 너무 좋아해서 버터만큼은 끊을 수가 없었어요. 집에서 직접 비건버터를 만들어 먹었어요. 그게 문사기름집의 시작이에요.

앞서 비건적인 삶은 나 자신을 괴롭히지 않는 것이라고 표현해주셨는데요. 조금 더 구체적으로 설명해주세요.

'무해한 삶'과 관련이 있어요. 동물이나 환경을 괴롭혀서 얻은 것을 가까이하지 않을 때 내가 편안함에 이른다는 생각이 들어요. 지인인 김한민 작가는 원래 비건을 하던 분은 아니었는데, 어느 날 《아무튼, 비건》이라는 책을 내고 비건을 실천하고 있었어요. 비건적인 삶을 살아 보니 어떠냐고 물어봤어요. 그랬더니 그는 몸과 마음이 한결 편안해졌고 선택하거나 선택하지 않는 기준이 간단해져서 자기 자신에게 자유를 준다고 답했어요. 그의 이야기를 듣고 나도 한 번 시도해야겠다고 생각했어요.

제주에 오기 전에 어떤 일을 하셨는지 궁금해지는데요?

카페를 운영했어요. 카페에서 전시도 기획하고 홍보하는 일도 같이 했죠. 카페라고는 하지만 복합문화공간 같은 곳이어

버터 그리나
비건버터

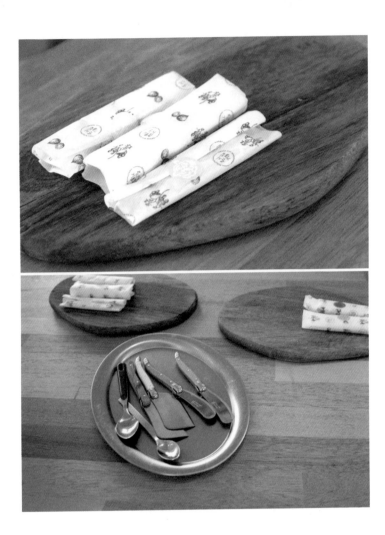

서 다양한 일을 했어요. 새로운 것에 관심이 있었어요. 새로운 분야를 만나면 그것이 마치 재료처럼 느껴져서 그것으로 할 수 있는 일을 기획하게 되어요. 첫 직장은 화장품 회사인 〈러쉬〉예요. 지금까지 어떤 일을 했는지 돌이켜보니 서로의 연결고리가 보이네요. 겉보기에는 서로 다른 일처럼 여겨지지만, 관심사나 취향이 닮아있어요. 〈러쉬〉에서는 비건을 지향하는 핸드메이드 화장품을 만들었고, 카페에서는 유기농 제품과 로컬 재료를 이용해서 메뉴를 개발하거나 지역 기반의 전시를 기획했거든요. 계속 비건과 관련된 관심사를 쌓아온 게 아닌가, 라는 생각이 듭니다.

비건적인 삶을 지향하지만
시도하지 못하는 분들에게 하고 싶은 이야기가 있나요?

기후위기 시대에 환경에 대한 걱정은 하지만 막상 실천하지 못하는 분들이 많아요. '완벽하게 하지 못할 것 같다'라는 생각을 많이들 하니까요. 생각과 마음은 환경을 지켜야겠지만, 그것을 실천하지 못하는 것에 대한 괴로움을 느끼기도 하실 거예요. 하지만 비건적인 삶은 그런 게 아니에요. 100퍼센트 실천하지 못하더라도 내가 관심 있는 부분부터 하나씩 실천하는 것이고, 그렇게 하면서 서서히 편해지는 부분이 발견될 거예요. 내가 생각한 대로 조금씩 살게 되니까 김한민 작가가 말한 것처럼 약간의 자유도 누릴 수 있고요.

대표님은 비건적인 삶을 위해서 비건버터를 만들게 되었고,

그러면서 새로운 일도 찾게 되었네요?

맞아요. 버터를 엄청나게 좋아하는데, 유제품을 안 먹기로 했으니 버터도 끊어야 했죠. 그리고 집안 내력으로 유방암이 있어요. 엄마와 막냇동생이 유방암 수술을 했고 저도 그 내력을 이어받았겠죠? 유방암 예방을 위해 공부를 했는데, 유제품이 피해야 하는 음식에 들어가는 거예요. 그런데 어쩌겠어요, 저는 버터를 너무 좋아하는걸요. 식욕에서 오는 의지가 강해서 집에서 만드는 것을 시도했어요. 하나둘 만들었다가 친구들이 놀러 오면 시식회를 열었어요. 그날 친구가 집으로 돌아가는 길에 '지구에서 함께 살아가는 우리는 서로에게 영향을 끼치는 존재'라는 의미와 '버터 그러나 버터는 아니야'라는 뜻까지 부여해서 '비건버터 벗'이라는 이름을 지어줬어요. 친구는 내가 만든 비건버터를 이런 의미를 지닌 브랜드로 만들었으면 좋겠다며 정말 맛있다고 응원했죠. 시식한 친구들마다 이 제품이 필요한 사람들이 있을 거라며 가게를 열어보라고 했어요. 제가 버터 이름에 '벗'이라는 친구의 의미를 담은 이유는 친구가 제 버터를 먹어보고 맛있다며 버터 이름을 지어줬기 때문이에요.

비건버터가 어떤 공정 과정을 거치는지,

어떤 점이 좋은지 궁금해요.

비건버터는 100퍼센트 식물성 재료로 만들어요. 저는 우유가 아닌 공정무역 유기농 캐슈넛 혹은 제주에서 생산되는 무농약 생타이거넛을 넣고 거기에 동물 착취 없는 유기농 코코넛 오일과 제주에서 나는 용암수를 같이 넣어서 비건버터를 만들어요. 우리가 만드는 제품에는 실제 견과류나 뿌리채소가 들어가요. 각 원물이 가진 장점이 있어요. 캐슈넛에는 식물 단백질이 있고요. 타이거넛은 슈퍼푸드로 선정될 만큼 구석기시대부터 오랫동안 먹어왔던 좋은 영양원이에요. 그 안에는 우유를 대체하는 칼륨이나 칼슘 그리고 여성 건강에 좋은 철분이 들어 있어요. 그리고 비건버터에는 식이섬유가 많이 들어 있어요. 또 제주에서 나는 바나나를 원물로 만든 바나나버터가 있는데, 그걸 드시고 웃는 분들이 되게 많으세요. 그건 바나나에 사람 기분을 좋게 하는 세라토닌이 많이 들어 있어서인 것 같아요.

그리고 일반 우유버터와 칼로리가 어떻게 차이 나는지 자주 물어보시는데요. 비건버터는 일반 버터의 절반 정도 되는 칼로리를 함유하고 있어요. 그리고 비건버터에는 콜레스테롤과 트랜스지방이 없어요. 그런 것을 피하고 싶은 분들에게 추천해드립니다.

2023년 봄에 해외 출장을 다녀오신 걸로 아는데요.
어떤 이유로 해외까지 가신 건가요?

출시한 비건버터 중에 '캐슈벗' 라인은 공정무역을 통해 캐슈 넛을 넣어서 만드는 버터인데요. 베트남 캐슈넛을 사용해요. 그래서 베트남에 직접 가서 어떤 환경에서 자라는지 공장도 살펴보고 농부님도 만나보고 싶어서 다녀왔어요. 호치민에서 서너 시간 떨어진 '빈 푸옥'이란 지방의 산지인데, 그 지역의 모든 가로수와 나무가 다 캐슈넛 나무더라고요. 그곳에서 농부님을 만나고 궁금한 것들을 여쭤보고 재료에 대해서 공부하는 시간을 가졌습니다. 그리고 베트남으로 간 김에 그 지역의 새로운 재료를 알아보고 싶어서 다른 지역의 산지를 둘러보고 농부님을 만나느라 출장 여정이 길어졌어요.

사용하는 재료를 직접 보고 어떻게 자라는지
확인하는 일까지 하시는군요?

그런 일은 너무 재밌어요. 예를 들어 '타이거벗' 라인 같은 경우는 제주도에서 나는 타이거넛을 이용해서 만드는 뿌리채소 버터예요. 제가 제주에 있으니까 제주에서 나는 좋은 재료를 이용해서 버터 만드는 일이 재밌더라고요. 재료가 어떻게 생산되고 자라는지 직접 볼 수 있으니까요. 한라산의 표고버섯 농장이나 노지 허브밭에 가서 타이거넛을 발견하고, 농부님이 어떻게 키우는지 보기도 해요. 그렇게 원물을 찾아다니면서 좋은 영감을 받아 새로운 버터를 만들어요.

**앞서 이야기한 '문사수의 태도'와도
연결되는데요?**

잘 듣고 공부하고 뭔가를 알아차리고 깨우치는 일을 내 삶에서 실행하는 것이 문사수의 태도라고 생각해요. 비건버터를 만들 때도 문사수의 태도가 적용됩니다. 지금까지 출시한 제품은 네 가지인데요. 출시 이전에 먼저 식품제조업 허가를 받았어요. 가게를 시작하기 전에 한살림에서 여는 장터에 처음 나가게 됐어요. 그때 한살림 관계자분이 한살림 제주로 납품을 하면 좋겠다고 하셨어요. 식품을 납품하려면 식품제조업 허가를 받아야 해서 우선 그 과정을 거쳤어요. 그리고 비건 제품은 교차 오염이 안 되는 환경에서 만들어야 하는데요. 교차 오염은 동물성 제품을 만들다가 다시 식물성 제품을 만들 때 발생하는 것으로, 제작을 다른 공장에 맡기면 어쩔 수 없이 교차 오염이 발생할 수밖에 없어요. 그래서 재료 선별부터 다 만들어서 포장할 때까지 모두 제가 직접 작업해야 안심이 돼요. 2021년 6월, 애월리에 작은 제조 공장과 판매 공간을 열었어요. 일주일에 3일 정도는 직접 사러 오는 분들에게 설명도 하고 시식도 할 수 있게 판매 공간을 열어둡니다. 나머지 시간에는 쉼 없이 비건버터를 만드는 일을 해요.

**찾아오는 손님들이 많이 있을 텐데요.
기억에 남는 에피소드가 있으신가요?**

사람이 오는 매 순간이 기억에 남습니다. 왜냐하면 이 비건버터는 제가 먹으려고 집에서 만들었던 것이기 때문이에요. 가게를 만들고 생산까지 하면서도 의문이 들었죠. 누군가가 찾아오실까. 이게 필요한 사람이 있을까. 의심과 두려움이 여전히 있었어요. 그래서 문을 열고 누군가가 들어올 때, 그다음에 플리마켓에 누군가가 구입하러 올 때, 그 순간순간이 저는 아직도 신기하고 기쁩니다. 여기 오시는 분들은 모두 비건버터가 필요했다고 말씀해주세요. 비건을 지향하거나, 건강상의 이유로 채식을 해야 하거나, 또는 알레르기 때문에 채식을 해야 하는 분들이 오시는 경우가 많았어요.

문사기름집이 추구하는

가치관은 무엇인가요?

제가 만드는 비건버터가 식품이라는 것에 대해서 항상 긴장감을 유지하는 게 중요해요. 만드는 과정부터 포장해서 손님에게 판매하는 순간까지 이것이 식품이라는 사실을 인지해야 해요. 그런 면에서 보면 식품제조업 허가를 받아서 안심이 돼요. 한 달에 한 번씩 의무적으로 자가 품질 검사를 보내야 하거든요. 그리고 위생과에서 나와서 공장 환경을 계속 점검해요. 물론 제출해야 하는 서류가 많아서 일은 늘어났지만, 누군가가 같이 더블체크해주는 것 같아서 마음이 편해요. 그다음 신경 쓰는 부분은 만드는 과정부터 포장까지 모든 과정에 좋고 편안한 기분을 담으려고 노력하는 거예요. 마음가짐은 눈에 보이지 않지만 분명히 존재하고, 무엇을 만들든 그 안에 깃들어요. 누군가를 만날 때도 내 마음이 전달되는 것처럼 제가 만드는 것에도 담긴다고 생각해요. 그래서 제주의 자연을 누릴 수 있고 고요한 곳에 공장을 만들었어요.

그다음으로 추구하는 가치관이 뭐가 있을까 고민했을 때, 문사기름집 이름에 나와 있는 문사수의 태도가 떠올랐어요. 뭔가를 배우고 깨닫고 수련한다는 뜻으로, 이것을 실천하기 위해서 날마다 공부하고 그 공부를 통해 뭔가를 알게 되면 그것에 그치지 않고 제가 하는 일에 적용합니다. 그리고 제품을 만들 때도 그러한 태도를 유지하려고 노력합니다.

문사기름집을 통해 이루고 싶은
바람이 있다면 무엇인가요?

저는 이곳을 통해서 다시 사회화되는 것 같아요. 이 일을 선택하고 만나게 되는 사람들이나, 선택하게 되는 재료들, 그리고 가게 되는 장소들이 이전과 많이 달라졌어요. 어떻게 보면이곳이 저를 세상과 연결해주는 창이자 통로가 되어준 셈이에요. 그래서 전혀 다른 사람을 만나고 다른 장소에 가게 되면서 거기서 받게 되는 좋은 기운이 저한테 좋은 공부가 되고 또 그걸 통해서 배우게 되는 것들이 많아요. 그래서 저는 이문사기름집이 새로운 경험을 할 수 있는 좋은 통로 같아요.

저는 앞으로도 계속 이러한 태도를 유지하고 싶어요.

그리고 로컬브랜드로서 제주에 사는 분과 이곳까지 찾아오는 분들에게 직접 제품을 전달하는 것을 기본으로 삼고 있어요. 또 많은 포장재를 써야 하는 것도 마음에 걸려 온라인 판매를 하지 않아요. 다만 저희 제품을 다양한 지역에서 만나고 싶다는 문의를 많이 받아서 2023년부터는 어떻게 하면 다양한 곳에서 소비자를 만날 수 있을지 고민하고 있어요. 서울에서는 한 달에 두어 번 정도 보부상처럼 제품을 이고 지고 가서 '마르쉐'라는 통로를 통해서 소비자들을 만나고 있어요.

곧 새로운 버터 라인도 출시를 앞두고 있어요. 제주에 좋은 다원과 허브들이 많아요. 그것들을 재료로 재작년부터 버터에 담는 실험을 하고 있는데요. 제주에서 나는 차나 허브를 이용한 '티벗' 출시를 준비하고 있습니다. 앞으로 제주 원물을 이용한 제품을 더 많이 만들고 싶어요.

마음가짐은 눈에 보이지 않지만 분명히 존재하고, 무엇을 만들든 그 안에 깃들어요.
누군가를 만날 때도 내 마음이 전달되는 것처럼 제가 만드는 것에도 담긴다고
생각해요. 그래서 제주의 자연을 누릴 수 있고 고요한 곳에 공장을 만들었어요.

○

소농로드는 〈프로젝트그룹짓다〉가 생산한 작물을 판매하는 플랫폼이
자 그들이 만든 공간의 브랜드명이다. 온라인에서 유기농 감자와 당근
을 판매하고 오프라인 공간에서는 그 작물로 직접 만든 음식을 판매한
다. 그들은 서로를 존중하자는 취지로 별칭을 쓴다. 비나는 인도 신화
에서 땅의 기운을 뜻하고, 연다는 마을을 활짝 연다는 뜻이고, 솔은 소
나무를 뜻하며 소나무가 사라져가는 것을 안타까워하는 마음에서 택
한 별명이다. 그들은 대안학교의 스승과 제자로 만났고, 이후 삶을 나
답고 재미있게 살아보자는 취지로 제주에 내려왔다. 제주시 구좌읍 평
대리에 자리 잡은 지금은 반은 농사를, 반은 자신다운 일을 하는 '반농
반X'를 키워드로 인문학 모임, 수확페스티벌, 생태공동체 연구 등 다양
한 문화행사를 연다.

스스로 서서,
함께 자립하는 삶

소
농
로
드

소농로드
프로젝트그룹짓다

"우리가 가장 중요하게 여기는 첫 번째 가치는 '자립'입니다. 중언부
언처럼 느껴질 수 있겠지만, 두 번째 가치는 '함께 자립'입니다. 자립
을 가장 중요하게 여기지만, 함께 자립하는 것을 추구한다는 뜻입니
다. 풀어서 이야기하면 '스스로 서서, 서로를 살린다'가 됩니다."

〈프로젝트그룹짓다〉는 어떤 공동체인가요?

'농사를 짓다, 문화를 짓다, 관계를 잇다'를 실천하는 청년공동체입니다. 농사를 기반으로 자급자족과 기본 소득을 만드는 일을 하고요. 그다음에 농경문화와 관련된 모임 또는 청년들과 문화를 만들어나가는 프로그램을 진행합니다. 그중의 하나인 '수확페스티벌'은 농사를 경험하고 싶은데 기회가 없었던 사람들과 수확하는 프로그램입니다. 또 관계를 잇기 위해서 매월 마지막 주 토요일마다 '월간 도시락'이라는 온라인 모임을 진행합니다. 각자 도시락 하나를 앞에 두고, 하나의 주제를 가지고 이야기를 나누는 모임이죠. 그리고 시골마을에서도 인문학 잔치를 벌여보자는 취지로 '칸트의 식탁'을 운영합니다. 독일 철학자 칸트는 쾨니히스베르크라는 작은 마을에서 한 번도 벗어난 적 없지만 다양한 친구들과 식사하고 이야기하면서 세계의 문물을 익혔다고 해요. 우리도 칸트처

럼 평대리라는 작은 마을에서 사람들과 관계 맺으며 지식 나
누기를 하고 있어요.

**기본 소득을 해결하는 것뿐만 아니라 다양한 프로그램을 진행하고 있는
데요. 어떻게 이런 공동체를 만들게 되었어요?**
짓다의 구성원은 세 사람인데요. 우리는 대안학교의 선생님과 제자로 만났습니다. 각자 다른 분야에서 활동하다가 청년 공동체를 만들기 위해 2017년 함께 제주에 왔습니다. 처음 자리 잡은 곳은 서귀포시 성산읍 온평리예요. 그곳에서 커뮤니티 펍을 시작했습니다. 하지만 수익이 나지 않아서 폭삭 망했습니다. 제주도에서 청년 관련 플랫폼을 만들기가 쉽지 않았어요. 이후 얼마간 농사일을 해서 돈을 벌어 중국에 갔고 3층짜리 커뮤니티 공간을 만들었는데, 또 망했습니다. 막상 공간을 열려고 했을 때, 팬데믹이 시작되었고 우리는 쫓겨났어요. 다시 제주로 돌아와서 농사를 짓게 되었고 온라인 플랫폼 소농로드를 만들어서 농산물을 판매했습니다. 지금의 소농로드는 농경문화 플랫폼으로서 오프라인 공간으로 확대해 직접 재배한 농산물로 만든 음식을 판매하고 다양한 모임을 엽니다. 2017년부터 2022년까지, 그러니까 우리가 오프라인 소농로드를 시작하기 전까지, 아무런 기반 없이 맨몸으로 버텨왔습니다.

온라인에서 시작한 소농로드가 2022년 오프라인 공간에서 새롭게 문을 열었습니다. 이곳은 어떤 곳인가요?

소농로드는 작지만 소신 있게 농사를 지으면서 살아가겠다는 뜻이에요. 그룹짓다가 친환경 농사를 지으면서 온라인에서 우선 문을 열었고 오프라인 공간을 만들면서 이름을 그대로 가져왔어요. 원래는 커뮤니티 공간으로 이용하려고 했는데, 기능을 확대해서 우리가 생산한 수확물로 음식을 만들어 판매까지 하고 있습니다. 당근주스, 당근케이크, 야채커리, 감자아이스크림 등 다양한 메뉴를 개발했어요. 우리가 이 지역에서 감자와 당근 덕분에 먹고 살기에 구좌읍 감자와 당근을 잘 알리는 것이 우리의 역할이라고 생각해요. 그래서 이곳을 오픈하자마자 감자와 당근을 활용한 미식 워크숍을 여러 차례 진행했어요. 작물을 언제 심고 수확하는지, 어떤 영양소가 들어있는지 등을 알려드리고 직접 맛보는 시간을 통해서 소비자와 소통합니다. 미식 워크숍을 진행하면서 개발한 음식으로는 감자아이스크림이 있어요. 소농로드는 음료와 식사를 즐기는 음식점, 친구들이 모이는 커뮤니티 공간, 농업문화를 공유하는 워크숍 장소, 저녁에는 요가를 하는 공간으로 다양하게 활용해요.

다양한 시도만큼이나 다양한 실패를 경험했습니다. 그럼에도 좌절하지 않고 계속 이어나갈 수 있었던 원동력은 무엇인가요?

시골마을에서는 청년들이 우르르 다니면 노는 일꾼으로 생각하세요. 여기저기에서 우리를 불러서 일을 시키고 밥 한 끼를 나눠주시곤 하는데요. 이것이 로컬살이의 즐거움이기도 하지만 어느 순간 돌아서면 궁핍해진 나를 발견하기도 합니다. 그런 상황이 반복되면서 우리는 몇 가지 기준을 세웠습니다. 첫째, 지역에서 지속 가능한 삶을 살기 위해서 소모되지

않도록 하자. 둘째, 나의 성장을 도모할 수 있는 일을 하자. 셋째, 친구를 사귀자. 넷째, 내가 한 노동에 대한 정당한 대가를 받자. 우리 공동체가 지금까지 유지될 수 있었던 것은 이 네 가지 원칙 때문입니다.

프로젝트그룹짓다가 튼튼한 공동체가 될 수 있었던 것은 언제부터입니까?

본격적으로 농사를 짓기 시작하면서부터입니다. 우리는 제주에 아무런 연고가 없었고 무엇인가를 시작할 만한 인프라도 없었습니다. 하지만 일손이 부족한 농촌에서 우리는 일꾼이 될 수 있었죠. 마을 분들과 함께 파종도 하고 수확도 하면서 자연스럽게 밭일에 스며들게 되었어요. 밭일을 하면서 우리가 직접 농사를 짓는다면 굶어 죽지 않겠다고 생각하게 되었어요. 처음에는 자급자족을 위해서 감자농사를 시작했어요. 하지만 농사가 만만한 일은 아니었습니다. 연이어 3회째 망했습니다. 마을 어르신들은 우리를 보고 농사가 망하는데도 계속 짓냐면서 같이 먹고 살 방법을 고민해보자고 하셨어요. 그때 마을 어르신 중의 한 명인 부석희 삼춘이 2,500평의 밭을 내어주셨어요. 그분은 여름 농사를 짓지 않는다며 우리더러 감자를 심으라고 하셨어요. 유기농인증을 받기 위해서는 5년 동안 친환경 전환기를 거쳐야 하는데, 그분이 내어주신 밭은 이미 유기농인증을 받은 곳이었어요. 게다가 2,500평이라는 넓은 밭에서 농사를 지으니 수확물이 많아서 망할래야 망할 수가 없었어요. 그래서 그해 12월 유기농 겨울 감자를 스마트스토어에 판매했고 홍보 없이 판매율 1위를 차지했어요. 그것이 농사를 본격적으로 시작하게 된 계기예요.

지금도 부석희 삼춘의 밭에서 농사를 짓고 있나요?

감자는 악마의 식물이라고 부르기도 하는데, 그 이유가 감자가 자란 자리에는 작은 감자 씨 하나만 떨어져도 계속 감자가 나와요. 삼춘이 빌려준 밭은 원래 당근밭이에요. 당근은 모양이 예쁘고 길쭉한 게 상품성이 있어요. 그런데 우리가 여름에 감자농사를 짓고 삼춘이 이어서 당근농사를 지으면 당근의 생장에 안 좋은 영향을 끼칠 수 있어요. 그런 걸 알고도 손해를 입히면서까지 삼춘 땅을 사용할 수 없었기에 하루빨리 독립해야 했어요. 지금은 다른 밭을 구해서 일궈나가고 있습니다. 현재 유기농인증을 받았어요.

석희 삼춘은 노령화 되어가는 농촌에

젊은 친구들이 들어와 정착하기를 바란 게 아닐까요?

네, 맞아요. 삼춘은 오래전에 육지에 가서 공부하셨고 다시 고향인 평대리로 돌아왔어요. 그는 마을을 지키기 위해서 어르신들을 만나며 동네의 이야기를 3년 동안 수집했어요. 수집한 이야기를 가지고 현재 마을투어를 진행하세요. 마을을 사랑하고 지키고자 하는 분이죠. 인구 소멸 위기에 처한 이 마을에 젊은이들이 정착하도록 돕는 것은 그분의 고민이자 숙제라고 해요.

'반농반X'를 실천하고 있는데요.

반농반X는 구체적으로 어떤 건가요?

10여 년 전 일본에서 시작된 '반농반X'에서 착안했어요. 반농반X는 농업과 다른 직업을 병행하는 라이프스타일이란 뜻인데요. 반은 농업에 종사하면서 나머지 반은 농업과 상관없이 좋아하는 일을 하는 거죠. 이것은 농사를 지으면서 자기가 하고 싶은 일을 찾아가는 삶의 태도를 말합니다. 우리는 사람들이 자연과 함께하고 자급자족하며 살아가기를 바라는데요. 청년들한테 이렇게 이야기하면 잘 받아들여지지 않아요. 너무 무겁게 느껴지기도 하고요. 하지만 반농반X는 농사를 지으면서 자신이 하고 싶은 일을 해나가는 가능성을 열어주기 때문에 젊은 층에서도 쉽게 관심을 가져요. 농사에 진입할 수 있는 계기를 마련해주기 때문에 우리는 이 개념을 널리 알리고 있어요.

농사를 직접 지어보니까 어떠세요?

마을 분들을 도와서 간접적으로 농사를 짓다가 2020년부터 2,500평의 땅을 빌리면서 본격적으로 농사에 입문했어요. 그것이 함께했던 친구들이 본격적으로 떠나는 계기가 됐고요. 농사가 너무 힘든 거예요. 감자는 무릎을 꿇고 두 손으로 꾹꾹 눌러가면서 심어야 하는데, 특히 젊은 남자들이 힘들어했어요. 또, 제주도 흙이 까매서 밭일하고 나면 콧구멍과 손톱에 까만 흙이 가득 박혀요. 거울을 보면 내가 누군지 모를 정도로 다른 사람이 되어 있어요. 농사가 힘들고 어려운 것에 비해 소득이 그리 높지 않아요. 하지만 지속적으로 먹거리를 생산해내는 일이므로 사회 전체를 받쳐주는 역할을 해요. 힘겨워서 떠나는 친구들이 하나둘 늘었지만, 남아 있는 우리는 농사를 무조건 해야 한다고 생각했죠. 그 이유로 첫 번째는, 농사를 지으면 먹거리가 계속 나오니까 굶어 죽을 수가 없어요. 두 번째는, 아무 연고가 없는 지역에서 농사를 지으면 어르신들과 수월하게 소통할 수 있어요. 어디에서 무슨 농사짓냐, 이 땅은 옛날에 누구 땅이었는데 지금은 누구 땅이 되었다, 여기 땅에서 당근과 감자를 많이 심지만 실제로 수박농사가 더 잘 된다… 어르신들이 이런 이야기들을 해주세요.

농사를 매개로 많은 생각을 하고

실제로 프로그램도 운영하고 있다고요?

2020년에 당근 씨앗을 심자마자 태풍 때문에 다 쓸려가서 다시 심었어요. 그리고 나서 3주간 가뭄이 지속되었어요. 하루 25톤씩 물을 밭으로 갖다 날랐지만, 작물은 잘 자라지 못했죠. 이 모든 현상이 기후위기와 관련된 거예요. 우리는 자연스럽게 기후위기와 생태를 생각하게 되었습니다. 지금은 다양한 직업을 가진 일곱 명의 사람들과 생태공동체를 만들었는데요. 그들과 함께 공터에 생태 놀이터를 만들어보기로 했

습니다. 이렇듯 농사는 새로움의 가능성을 가진 무궁무진한 세계입니다.

소농로드는 농사를 통해 터득한 세계관을 실천하는 공간이군요.
이곳은 운영하기 위해 추구하는 가치관은 무엇인가요?

앞서 이야기했듯이 소농로드는 작은 규모로 자급자족하여 먹고사니즘을 해결한다는 뜻을 지녔어요. 그렇기에 우리가 가장 중요하게 여기는 첫 번째 가치는 '자립'입니다. 중언부언처럼 느껴질 수 있겠지만, 두 번째 가치는 '함께 자립'입니다. 자립을 가장 중요하게 여기지만, 함께 자립하는 것을 추구한다는 뜻입니다. 풀어서 이야기하면 '스스로 서서, 서로를 살린다'가 됩니다. 스스로 서지 않으면 함께 살아가는 게 불가능하더라고요.

우리가 이 지역에서 감자와 당근 덕분에 먹고 살기에 구좌읍 감자와 당근을 잘 알리는
것이 우리의 역할이라고 생각해요. 그래서 이곳을 오픈하자마자 감자와 당근을 활용한
미식 워크숍을 여러 차례 진행했어요. 작물을 언제 심고 수확하는지, 어떤 영양소가
들어있는지 등을 알려드리고 직접 맛보는 시간을 통해서 소비자와 소통합니다.

PART 2

내가 아닌
타인의 '가치'를 알리는 일

○

제주로부터 진정은 대표는 10년 동안 IT 개발자와 기획자로 일했다. 제주에서 삶의 터닝포인트를 만났다. 제주의 멋있고 맛있는 먹거리를 소개하고 판매하는 일을 시작하면서 남편이 제안한 '100원 프로젝트'에 성공한 것이다. 100원 프로젝트란, 아르바이트나 직장에 소속되어 돈을 버는 것이 아니라 단돈 100원이라도 자신의 아이디어로 돈을 창출해내는 것으로, 직장인으로만 살아왔던 그에게 남편이 준 미션이다. 2018년부터 제주의 사계절 밥상을 온라인으로 소개하고 판매하고 있다. 현재는 남해로부터를 론칭해 함께 운영하고 있다. 오늘도 그녀는 생산자인 농부와 어부를 직접 만나 어떻게 먹거리가 만들어지는지 배우고 있다.

배려와 존중으로
결을 만들다

제주로부터

제주로부터

진정은

"비대면으로 판매하지만, 우리가 하는 모든 행동은 다 대면이어야 한다고 생각해요. 입점 전까지는 보통 두세 번 만나요. 생산자가 주변에 다른 생산자를 추천하기도 하는데요. 그러면 직접 찾아가서 인사하고 제주로부터를 소개해요. 이 관계를 탄탄하게 하는 게 중요하다고 생각해요. 그래서 생산자들 얘기를 많이 들으려고 해요. 질문을 최소화하죠."

제주로부터가

어떤 브랜드인지 소개 부탁드립니다.

미식 문화를 전달하는 브랜드입니다. 가장 쉽게 설명해드린다면, 제가 생산자를 만나서 건강한 먹거리를 찾고 그것을 고객에게 보내주는 플랫폼이에요. 고객이 생산자를 직접 만나지는 않지만 제주로부터를 통해 온라인에서 소통할 수 있죠. 저는 말 그대로 중간자 역할을 해요. 생산자에게 직접 듣는 이야기, 또 음식이 만들어지는 동선을 구매자에게 계속 전달합니다. 생산자의 이야기를 온라인으로 전해 듣는 것만으로도 이미 미식 경험을 하고 있다고 생각해요.

하지만 요즘에는 고객이 제주로 와서 그 문화를 경험하게 해줘야 진짜 미식 경험이 된다는 생각이 들어요. 예를 들면 고객을 현장에 초대해서 '팜 투 테이블Farm to table, 다이닝'을 여는 거예요. 온라인과 오프라인을 연결해서 온라인 고객을 농장으로 초대하는 거죠. 그들이 실제로 수확하고, 수확한 식재료로 요리를 만들어 '제주로부터 한 상'을 차린다면 어떨까 하고 생각해요. 지금은 꿈꾸는 단계이지만, 이러한 미식 경험이 제주로부터가 할 수 있는 일이라고 봅니다. 그러므로 제주로부터는 단순히 유통 판매 채널이 아니라 생산자와 소비자를 연결하고, 고객을 현장에 초대해서 직접 소통하게 만드는 커뮤니티 산업을 추구합니다.

입점 브랜드가 몇 개나 있지요?

약 60개 팀이 있고요. 최근에 론칭한 남해로부터의 입점 브랜드는 10개 정도 있어요. 입점 기준은 두 가지입니다. 맛이 무조건 좋아야 한다는 게 가장 중요하고요. 그다음은 제주로부터와 결이 비슷해야 합니다. '결'이라고 하면 비슷한 성격이나 느낌을 생각하시는데, 그런 식의 결은 아니에요. 제주로부터가 하는 일은 물건을 고객에게 보내주는 것만은 아니거든요. 고객과 꾸준히 소통한 이야기를 생산자에게 전달하고 그것을 바탕으로 생산자가 개선하도록 돕고 있어요. 서로의 이야기가 잘 전달되어야 하므로 생산자가 열린 마음을 가지고 있어야 해요.

저는 생산자를 자주 만나려고 노력하는데요. 자주 만나면 좋은 아이디어가 떠오르기 때문이죠. 또 생산자와 생산자가 결합해서 함께 상품을 만들기도 해요. 예를 들어 방어를 판매할 때, 좋은 농부와 결합해서 쌈야채와 구성품을 만들면 그 상품이 특별해지거든요. 생산자들 서로가 열린 마음을 가지지 않으면 구성품을 만들기 어려워요. 서로 시너지가 날 수 있는 부분을 인정해야만 가능한 일이죠. 제주로부터와 함께하는 생산자들은 콜라보레이션 상품에 특별함을 느끼고 스스로 아이디어를 내기도 해요. 그래서 시장에 없는 상품을 출시하기도 하고, 그 상품들 덕분에 제주로부터만의 색깔을 만들어갈 수 있습니다. 한쪽에서 판매가 잘 되면 다른 상품은 판매가 안 되는 경우도 많은데요. 그런 상품들을 잘 어우러지게 묶어 놓으면 소비자의 반응이 새롭게 다가온다는 것을 경험했어요. 이처럼 상품을 구성하고 생산자와 소비자를 연결하면서 제주로부터만의 결을 깊이 생각하게 되었어요.

제주로부터는 생산자들과 떼려야 뗄 수 없는 관계 같아요.
보통 입점까지 몇 번이나 만나고 주로 어떤 얘기를 나누는지 궁금합니다.
생산자들이 그런 얘기를 하시더라고요. 어느 업체에서는 전화만 와서 물건 보내라고 한다고요. 그러면 너무 싫으시대요. 얼굴 한 번 안 보고 상품을 보지도 않고 인터넷에서 누군가 쓴 후기만 보고 전화 한 통으로 계약하자는 경우가 많아서 그럴 때는 단칼에 거절하신다고 해요. 저희는 비대면으로 판매하지만, 우리가 하는 모든 행동은 다 대면이어야 한다고 생각해요. 입점 전까지는 보통 두세 번 만나요. 생산자가 주변에 다른 생산자를 추천하기도 하는데요. 그러면 직접 찾아가서 인사하고 제주로부터를 소개해요. 이 관계를 탄탄하게 하는 게 중요하다고 생각해요. 그래서 생산자들 얘기를 많이 들으려고 해요. 질문을 최소화하죠. 두 번째 갔을 때는 생산자들의 밭이라든지 활동하는 영역에 가서 일하는 모습도 보고 사진도 찍어요. 그리고 다음번 만났을 때 공급가 같은 실질적인 부분을 결정해요. 잦은 만남은 입점 후에 이뤄집니다. 특히 신선식품이나 제철 과일, 야채, 수산물… 이런 것들에 대한 고객의 관심은 늘 높고, 이런 상품은 그때그때 직접 상황과 맛을 봐야 해서 제가 자주 가야 해요.

오후 시간은 거의 생산자 만나는 데 쓰는군요.

오전에는 주문서 쓰고 고객과 소통해요. 오후에는 생산자 만나러 가요. 저녁에는 생산자와 같이 밥 먹기도 하고 가끔 술도 마셔요. 사람은 하루에 한 명 이상은 만나죠. 어떤 날에는 아침부터 미팅을 시작해서 네 명을 만나고 왔더라고요. 하지만 몇 명을 만나는지가 중요하지는 않아요. 내가 이 사람들과 같이 일할 수 있겠다는 충분한 느낌을 받는 게 중요하죠. 상품은 좋은데 다른 부분이 걸릴 때가 있고, 사람은 좋은데 상품이 걸릴 때가 있어요. 두 가지가 충족되는 게 쉽지 않아요. 그래서 고객들이 신규 상품 올라오는 속도가 늦다고 하세요. 저희는 상품 하나를 새로 올릴 때 준비 기간이 한 달 걸리거

든요. 생산자를 여러 번 만나야 하고, 상품에 우리만의 색깔을 넣어야 하고, 우리가 직접 요리해서 먹어봐야 하거든요. 상세페이지도 쓰고 사진촬영도 해야 하고… 하나하나 우리가 결정하고 양질의 콘텐츠를 만들려고 하니 시간이 오래 걸려요. 앞으로도 그렇게 신중히 진행할 생각이에요.

여러 생산자를 만났을 텐데요.

기억에 남는 에피소드가 있어요?

방어를 판매하는 사장님이 굉장히 무뚝뚝하셨는데 지금은 친해졌어요. 요즘은 언제든지 서로 이야기 나눌 수 있는 사이가 되었어요. 뱃사람들은 배에 여자가 오는 것을 달갑지 않게 생각하는데요. 방어 사장님이 주변 분들에게 제주로부터를 잘 얘기해주셔서 우리가 좋은 촬영을 할 수 있었어요. 서로에게 신뢰가 쌓였기 때문에 가능한 일이에요. 그때 일이 오래 생각나더라고요. '관계가 전부구나' 하는 생각을 늘 해요. 모든 일에서 고객과의 관계도 중요하고 생산자와의 관계도 중요하죠. 그런 관계가 만들어지는 순간순간이 기억에 남아요.

사람과 사람이 만나서 하는 일이네요?

기술적인 면만을 볼 수는 없겠어요.

온라인으로 판매하지만 모든 일의 과정은 아날로그여야 한다고 생각해요. 비대면은 있을 수 없어요. 서로 만나서 이야기하고 얼굴 한 번이라도 더 보려고 하죠. 만남과 관계를 이어가는 일이 충분하게 필요하다고 생각해요.

남해로부터 소개도 부탁드려요.

제주로부터와 남해로부터는 로컬 기반의 플랫폼이에요. 제주의 먹거리를 발신하는 제주로부터, 그리고 남해의 먹거리를 발신하는 남해로부터를 함께 운영하고 있는데요. 남해는 남해안을 끼고 있는 모든 도시를 뜻해요. 남쪽으로는 남해, 사천, 여수… 이런 지역이 있고요. 북쪽으로는 지리산에 있는 도시들 그리고 서쪽으로는 완도, 동쪽으로는 부산, 고성, 거제… 이런 도시들을 '남해로부터'로 통칭하고 있어요. 남해로부터가 제주로부터보다 더 힘들었어요. 제주 같은 경우는 이주민과 현주민의 비율이 비슷해졌어요. 많이 섞여 있죠. 그래서인지 생산자들 생각이 열려 있어요. 생산자들이 협력하는 일도 힘들지 않았고요. 그런데 남해로부터의 경우는 온라인에 대한 호감이 덜한 편이었어요. 온라인 판매를 망설이는 분들이 많아서 설득하는 데 애를 먹었어요. 인력이 부족해서 온라인 판매를 할 여력이 없는 경우도 있었는데요. 부족한 부분을 우리가 채워줄 수 있다고 생각하면서부터 레퍼런스도 전달하고 상품 구성도 기획하고 있습니다.

제주로부터가 궁극적으로

바라는 목표는 무엇인가요?

사람들에게 사랑받는 브랜드가 되는 것입니다. 사람들이 제주로부터를 떠올리면 설레는 감정이 생겼으면 좋겠어요. 택배상자를 열었을 때 제주의 향수가 느껴졌으면 하고요. 우리가 상품을 보내고 나서 고객들에게 안내 문자를 보내요. 그때 어떤 고객이 이런 이야기를 하더라고요. 제주로부터 문자가 올 때 너무 설렌다고요.

상품을 사는 것이 단순히 물건이 필요해서 구입한다는 뜻만은 아닌 것 같아요. 제철에 이 상품을 먹기 위해서 구매하는 고객이 점점 자리 잡아가고 있어요. 저희가 제철이라고 얘기하지 않아도 제철이 되면 고객들이 먼저 연락하세요. 언제 나오는지, 나올 때가 되지 않았는지⋯ 이런 질문들을 많이 하세요. 저희는 온라인 사업을 계속 키울 테지만, 온라인에만 멈춰있지 않으려고요. 대면으로 사람을 만나고 생산자의 현장에 고객을 초대하려고 해요. 온·오프라인이 잘 연결되는 회사가 되면 좋겠어요. 옛날에는 꿈이 커서 '제주로부터 홀딩스'를 만들어야겠다고 했었는데요. 요즘은 생각이 바뀐 건지 꿈이 사소하고 디테일해졌어요.

제주로부터에 대한 고객 반응이 궁금합니다.

생산자에게 감사를 전하는 분들도 많을 듯한데요.

저희 고객들 리뷰를 보면 '러브레터' 같아요. 상품을 왜 사게 됐고 어떻게 먹었고, 먹고 나서 가족들이 어떤 반응이었고, 그래서 다음에도 꼭 다시 먹고 싶다는 이야기를 정성껏 써주시는 거죠. 아침마다 리뷰를 읽고 있는데요. 읽으면서 깜짝 놀라요. 사진도 여러 장 올려주시는데요. 영상까지 찍어서 올리시는 분들도 있고요. 다들 생산자에게 감사한다는 내용을 꼭 담으세요. 상품을 받고 감사의 인사를 직접 전화로 해주시는 고객분들도 많고요. 저희 상품을 사 먹는 사람들은 늘 제주에 대한 향수를 느끼시더라고요. 제주가 고향인 부모님을 위해 선물하는 분들도 있고, 외국에서 지인들에게 선물을 보내는 분들도 있어요. 누군가에게 마음을 전하고 싶을 때 제주로부터를 찾는구나 생각했어요.

추구하는 가치 단어가 궁금합니다.

결, 배려 그리고 존중입니다. 모두 생산자와 관련된 단어인데요. 우리가 생산자들에 대한 존중이 없으면 이 일을 할 수가 없어요. 농사는 누군가가 알아주는 일도 아니고 육체적으로도 힘든 일이잖아요. 특히 친환경 농사짓는 분들에게 존중한다는 말을 아끼지 않아요. 누군가는 해야 하는 일이지만, 그게 나라고 생각하고 실제로 친환경 농사를 짓는 게 쉽지 않잖아요. 친환경 농사가 일반 농사보다 수확량이 적음에도 친환경을 고집하고 땅을 살리려는 그분들을 만나면 존중할 수

밖에 없어요. 그 마음을 고객에게 전달하려고 해요. 내가 농부님의 상품을 많이 파는 게 중요한 게 아니라는 생각을 점점 하게 됐어요. 그것보다 중요한 것은 농업의 사회적 지위를 올려주는 일이에요.

내가 이분들을 존중하고, 그 존중하는 마음이 사람들한테 진심으로 전해져야 사람들이 농업에 대한 가치를 알게 되리라 생각해요. 판매하고 홍보하는 것만이 승산이 아니에요. 존중하는 마음을 제가 가지고 있어야 고객에게 전달될 거고, 고객도 똑같이 그런 마음이 있어야 못생긴 친환경 귤이 와도 힘든 환경에서 버텨낸 자연의 작품이라고 생각하겠죠. 그리고 그들을 배려하려고 노력해요. 어떤 고객이 불만을 얘기하더라도 제가 한 번 더 곱씹고 정리해서 전달해드리려고 해요. 온라인 사업을 많이 해보지 않아서 작은 말에도 상처받으실 수 있으니까요. 개선할 부분에 대해서 초점을 맞추지, 잘못된 부분을 이야기하지 않습니다. 마지막으로 결에 대해서는 앞서 얘기했는데요. 같이 성장하고자 하는 마인드를 지녔는지, 우리가 서로에게 시너지를 낼 수 있을지, 즐겁게 일할 수 있을지… 하는 부분을 생산자들과 이야기하면서 맞춰나갈 수 있는지 살펴보는 거예요. 제주로부터의 결과 맞는지가 중요하거든요.

제주로부터가 하는 일은 물건을 고객에게 보내주는 것만은 아니거든요. 고객과 꾸준히
소통한 이야기를 생산자에게 전달하고 그것을 바탕으로 생산자가 개선하도록 돕고
있어요. 서로의 이야기가 잘 전달되어야 하므로 생산자가 열린 마음을 가지고 있어야
해요.

○

그린블리스는 예쁘고 편안하고 오래 쓰는 양말, 마스크, 손수건, 티셔츠, 모자 등 라이프스타일 제품을 식물성 오가닉 소재로 환경에 해를 최소화하여 만들고, 자연과 동물의 소중함을 이야기하며, 그것을 위해 행동하려 노력하는 브랜드이다. 유신우 대표는 구제역 살처분 뉴스 장면을 보고 환경에 관심을 가졌고, 그 후로 자신이 하는 일과 연결하기 위해 그린블리스를 설립했다. 남양주에 이어 제주에도 쇼룸과 카페 겸 서점 공간을 열었다. 공간 전체가 태양광 에너지를 통해 전기를 사용하며 유리창에는 '조류충돌방지 스티커'를 붙여두었다.

환경에 해를 최소화하는
의류 브랜드

그린블리스

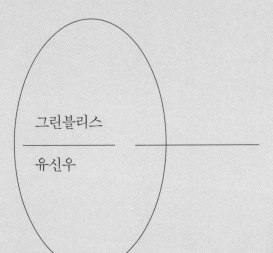

그린블리스

유신우

"사람들이 보통 식물성을 보고 천연이라고 하잖아요. 하지만 농약살충제가 그렇게 많이 쓰이는데 그것을 천연이라고 표현해도 되는지가 의문이었어요. 그래서 농약살충제를 안 쓴 유기농 면을 찾아서 양말을 만들었어요. 시간도 오래 걸리고 가격도 비싸지만 저의 관점에서 환경에 해를 덜 주는 것이라고 생각해서 그 선택을 고수하고 있습니다."

그린블리스는 어떤 곳인지

소개 부탁드려요.

2013년 가을부터 시작한 브랜드 그린블리스는 식물성 오가 닉 소재로 모든 제품을 생산하고 있으며, 2022년 제주도의 작은 바닷가 마을에 쇼룸과 카페 겸 서점을 열어서 오프라인 공간으로 확장했습니다. 친환경이라는 말은 되도록 쓰지 않는데요. 인간이 무언가를 만드는 일 자체가 환경에 좋을 수 없다고 여기기 때문이에요. 다만 저희는 환경에 해를 최소화하여 만든다는, 조금은 길고 설명적인 글로서 저희 브랜드를 이야기합니다. 그린블리스의 모든 공간은 태양광 발전 에너지를 이용해서 전기를 사용하고 유리창에는 '조류충돌방지 스티커'를 붙여두었습니다. 쇼룸에서는 그린블리스의 제품을 자유롭게 보실 수 있고요. 카페 겸 서점 공간에서는 일회용 제품이 없기 때문에 텀블러를 가지고 오셔야 카페의 메뉴들을 테이크아웃할 수 있습니다. 종종 비건식당들과 팝업스토어를 진행하고 있고요. 지금은 비건식당을 준비하려고 메뉴들을 테스트하고 있습니다. 그리고 이곳에서는 환경과 동물을 생각하는 책들을 편안히 읽으시거나 구매할 수 있어요.

어떻게 그린블리스라는
브랜드를 만들게 되었어요?

2010년 뉴스에서 겨울쯤 구제역 살처분하는 장면을 봤어요. 지금은 살처분 시스템이 있지만, 그때는 환경이 굉장히 열악했어요. 살아있는 돼지들을 구덩이에 밀어 넣는데 한 마리가 구덩이를 거슬러 올라왔고, 올라온 돼지를 굴삭기의 삽이 구덩이 쪽으로 밀어버리더라고요. 그 돼지는 거꾸러져서 다시 떨어졌어요. 10초 정도 되는 그 영상이 내게 슬프게 다가왔어요. 그래서 이 슬픔이 무엇인지 생각했죠. 그때부터 동물 다큐멘터리와 관련된 책을 찾아봤어요. 동물에 관심이 생겼고 그것이 환경 문제와 연결되어 있다는 것을 알게 되었어요. 그러니까 인간과 자연과 동물이 서로에게 영향을 주고받으며 살고 있으며, 그것들은 별개의 존재가 아니라 하나로 이어질 수 있다는 생각이 들었어요. 그 당시 저는 양말 브랜드를 만들려고 준비 중이었는데, 양말의 주소재인 면에 농약살충제가 많이 쓰인다는 사실을 알고 다른 방법을 고민했어요. 그러던 중에 농약살충제가 쓰이지 않은 유기농 면을 알게 되었고

유기농 먹거리처럼 양말에도 유기농 면을 주소재로 사용해서 만들기 시작했어요.

2013년 가을에 첫 번째 양말을 선보인 후로

10년 동안 식물성 오가닉 소재로 제품을 만드는 일을 고수해오셨네요.

10년이 지났네요. 어떤 사업이든 그렇겠지만, 처음에는 생각한 대로 이루어지지 않잖아요. 굉장히 어려운 경우들이 있어요. 환경과 동물의 관점으로 해를 덜 주면서 그것에 관해 이야기하는 브랜드가 되어야지, 라고 시작했는데 사람들의 호응이 예상보다 못했고 초창기 5년 동안은 계속 적자였어요. 벌어놓은 돈을 다 써버렸어요. 힘들 때, 그때 그 10초짜리 영상을 안 봤으면 환경과 동물에 관심을 안 가졌을 테고 내 삶도 이렇게 되지 않았을 텐데, 그런 생각을 했던 때도 있었죠. 그런데 그 5년을 기점으로 반등해서 10년은 버텨내게 되었어요. 5년을 기점으로 환경에 대한 사람들의 관심이 늘어났고 사업도 전환기를 맞았어요. 대기업 패션 회사에 다니는 지인이 보통 브랜드는 3년 차에 성장을 시작하고 5년 차에 수익이 나기 시작한다고 하더라고요. 그래서 우리 브랜드도 그 패턴과 비슷하게 가는 건가 하는 생각도 들었어요.

제주도에 쇼룸을 열게 된

계기는 무엇인가요?

저희는 양말에 일러스트를 담아서 디자인하는데요. 어느 날 제주도를 표현한 양말이 없다는 걸 알게 됐어요. 그래서 제주도 디자인의 양말을 만들려고 제주 일러스트레이터들과 작업을 함께했고, 제주도에도 자주 오게 되었습니다. 그들과 함께 작업해서 만든 양말에 대한 고객 반응도 좋았어요. 그 후로 제주 작가들과 계속 작업했고 제주도에 오는 일도 늘어났어요. 제주도는 사업이 힘든 당시에 버텨내는 원동력이 되어 주었어요. 그래서 언젠가 이곳에 공간을 만들고 싶다고 생각했고 2021년에 이 공간을 발견해서 임차한 후 운영하고 있습니다.

콘텐츠에 제주의 동식물 그림이 많이 담겨 있는데
이것은 대표님의 철학과 연결되는 거네요?

그렇죠. 제주의 오름이나 바다 또는 떠돌이 개를 디자인에 담아냅니다. 제주도가 전국에서 유기견이 가장 많은 지역이에요. 그래서 저희는 루시드폴이나 올드독 작가와 함께 유기견을 방지하기 위한 캠페인을 하기도 했어요.

초기에는 최혜지 작가님의 그림이 마음에 들어서 함께 작업했어요. 동백, 당근, 귤, 메밀, 오름, 이렇게 5개의 아이템을 그림으로 담아냈어요. 그 작업을 하면서 제주도가 메밀 생산지 1위라는 것도 알게 되었고 오름이 엄청나게 많다는 사실도 알게 되었어요. 그렇게 차츰 제주도를 알아간 거죠. 제가 직접 제주도를 돌아다니며 사진을 찍기도 해요. 그 사진을 바탕으로 최 작가님이나 다른 작가님과 어떤 그림을 넣을지 의논하고 조율해서 결정해요.

첫 콘텐츠는 양말이었지만 차츰 라이프스타일 제품으로 늘려가셨는데요. 양말이 시작점이 된 이유는 무엇인가요?

원래 다른 일을 하다가 그만두고 디저트 카페를 준비했어요. 태국에서 맛있게 먹었던 간식을 바탕으로 디저트를 만들어야겠다 생각해서 제빵학원에도 다녔죠. 그리고 아이템을 찾으려고 방콕에 갔어요. 일주일 정도 머물려고 양말을 딱 일곱 켤레 챙겨갔는데 좀 더 있게 된 거예요. 양말을 빨기 어렵고 다시 신기 싫어서 시장에서 싼 것을 사서 신었죠. 그곳이 더운 나라였고 제가 많이 걸어 다녀서 그런지, 양말이 제 기능을 못 하는 것 같았어요. 신발에서 발이 미끌렸고, 양말과 발이 제각각 움직이는 거예요. 그때 양말도 좋은 것을 사서 신어야 한다는 것을 깨달았죠. 그러고 돌아와서 어느 날 양말 서랍을 열었는데 수십 켤레의 양말이 대부분 흰색, 회색, 검은색인 거예요. 신고 싶은 양말이 하나도 없었어요. 그때의 경험들이 질 좋고 예쁜 디자인의 양말을 만들도록 이끌었습니다.

준비 기간이 1년 반이나 걸렸네요?

구제역 살처분 영상을 본 후로 재료에 대한 고민을 많이 했습니다. 세계 경작지에서 면 수확률이 2퍼센트인데, 농약이 10퍼센트 그리고 살충제가 25퍼센트 정도 쓰인다고 해요. 엄청나게 많이 쓰이는 건데요. 사람들이 보통 식물성을 보고 천연이라고 하잖아요. 하지만 농약살충제가 그렇게 많이 쓰이는데 그것을 천연이라고 표현해도 되는지가 의문이었어요. 그래서 아까 얘기한 대로 농약살충제를 안 쓴 유기농 면을 찾아

서 양말을 만들었어요. 시간도 오래 걸리고 가격도 비싸지만, 저의 관점에서 환경에 해를 덜 주는 것이라고 생각해서 그 선택을 고수하고 있습니다.

현재 카페 겸 서점을 쇼룸과 분리된 공간에서 운영하시는데요. 책도 판매하는 건가요?

주로 환경과 동물에 관한 책을 선별해서 진열했어요. 그리고 저희가 제주에 있으니 제주 역사에 대해서도 알아야겠다 싶어서 4·3 관련 책과 제주를 주제로 한 책들도 준비해뒀습니다. 그린블리스 공간은 두 개의 건물로 되어 있는데 이전 주인이 이곳에서 카페를 운영했었어요. 저희는 한 공간만 우선 쇼룸으로 꾸몄고 다른 공간은 그대로 놔두었어요. 나중에 카페를 할 수 있으면 해야지 생각만 했었죠. 그런데 이곳 주변에 갈 곳이 없다 보니까 손님 입장에서 제주시에서 먼 이곳까지 왔는데 10-20분만 둘러보고 가면 아쉬울 것 같았어요. 그래서 머물 수 있는 공간으로 카페를 열었고 책은 판매도 하지만 그보다는 편하게 읽으시라고 배치해둔 거예요. 그리고 이 공간에서 비건식당과 팝업스토어를 열기도 합니다.

태양광 에너지로 전기를 사용하시는데요. 임대한 장소에 이것을 설치하는 게 쉬운 선택은 아니었을 것 같아요.

임대한 공간에 뭣하러 큰돈 들여 설치하냐고 지인들이 그랬어요. 하지만 기후위기를 앞당기는 문제 중에서 가장 큰 부분이 에너지잖아요. 개인이 에너지 문제를 해결하기는 어려워요. 그래서 저는 이 공간만이라도 재생에너지를 사용해서 탄소중립에 도움이 되기를 바랐어요. 몇 군데 업체를 통해 알아본 후에 주차장형 태양광인 캐노피로 설치했어요. 단점은 설치물이 볕을 가려서 카페 공간이 어두워진다는 거예요. 하지만 그런 불편함보다 저는 탄소중립이 더 우선이라고 생각합니다.

**그린블리스를 통해서 추구하는 가치관이 있다면
단어로 표현해주세요.**
환경, 동물, 그리고 생각하는 소비자입니다.

앞서 그린블리스의 관점에서 지켜가고 있는 부분에 대해서 말씀해주셨는데요. 그밖에 어떤 철칙들이 있는지 궁금합니다.
저희는 동물성 소재를 전혀 쓰지 않습니다. 동물 학대가 일어날 수밖에 없는 곳의 제품은 사용하지 않아요.
그리고 플라스틱 합성섬유의 사용을 최대한 자제하려고 해요. 양말 디자인을 위한 폴리에스터, 양말 탄성이나 티셔츠 목 부분에 폴리우레탄 소재가 사용되고 있어요. 아직 대안을 찾지 못했어요. 면 100퍼센트로 제품을 만들었을 때 실용성이 떨어질 수 있으니 저희도 타협은 했어요. 하지만 동물성 소재는 안 쓰고 합성섬유는 최대한 자제하기 때문에 겨울 의류를 많이 못 만들어요.

다음으로 저희는 의류와 양말을 만들 때 그 안에 메시지를 담으려고 해요. 그린블리스를 운영하면서 가장 기분 좋을 때는 동물과 환경에 전혀 관심이 없었는데 이곳에서 옷이나 양말을 사 입고 관심도가 커졌다는 손님의 이야기를 들을 때입니다. 그럴 때면 내가 잘하고 있구나라고 생각해요. 영향력을 미치는 것이 확인될 때마다 뿌듯함을 느낍니다.

동백, 당근, 귤, 메밀, 오름, 이렇게 5개의 아이템을 그림으로 담아냈어요. 그 작업을 하면서 제주도가 메밀 생산지 1위라는 것도 알게 되었고 오름이 엄청나게 많다는 사실도 알게 되었어요. 그렇게 차츰 제주도를 알아간 거죠. 제가 직접 제주도를 돌아다니며 사진을 찍기도 해요. 그 사진을 바탕으로 최 작가님이나 다른 작가님과 어떤 그림을 넣을지 의논하고 조율해서 결정해요.

○

요이땅삐삐는 밤이 되면 한산해지는 시골 거리에서 밤늦도록 문 여는 마을 펍이다. 하루 일을 마친 사람들이 술잔을 기울이며 피곤함을 풀고 외로움을 달래는 곳이다. 과거 약국이 있던 작은 공간을 개조해 만든 이곳은 3년간 동네 사랑방 역할을 해온 뒤 2022년 마당까지 공간을 확장해 재오픈했다. 더 많은 사람이 모이기를 희망하며.

이 시골에 '즐거운 공간'
하나쯤은 있어야죠

요
이
땅
삐
삐

요이땅삐삐

김현지

"각자 짊어지고 있는 고난이 하나쯤은 있잖아요. 그런 일상을 사는 와 중에 잠시 그걸 내려놓고 우리에게 와서 새롭고 즐겁고, 때론 무아지 경을 경험하기를 바랍니다."

요이땅삐삐는 어떤 곳인가요?

이곳은 술과 음식 그리고 공연을 함께 즐기는 펍입니다. 밤이 깊어지면 시골마을에 갈 곳이 거의 없다 보니 자연스레 이곳으로 동네 사람들이 모여듭니다. 하루는 밤늦게 문을 연 가게를 찾아 무작정 걷다가 우리 가게를 찾은 손님이 이렇게 말한 적이 있어요. 깜깜한 밤바다의 등대 같다고. 요이땅삐삐는 깊은 밤 깜깜해진 시골마을에 유일하게 불 켜진 가게에요. 손님들은 아무것도 없을 것 같은 이 시골에서 문 하나를 열면 전혀 다른 세상이 펼쳐진다고 말해요. 거리에는 사람 한 명 지나지 않는데 이 안에는 다양한 사람들이 마주 앉아 이야기하거나 노래를 부르고 있거든요.

어떻게 펍을 열게 되었어요?

가게를 오픈하기 전에는 옆 동네 조수리에서 옷가게를 운영했어요. 옷가게를 하면서 공연하는 펍도 하고 싶다고 남편과 자주 이야기했어요. 그러다 지금 가게를 봤는데 옷가게만 하기엔 공간이 넓었고 활용 가능한 뒷마당과 옥상이 있었어요. 이번 기회에 펍을 같이 하면 재미있을 것 같았죠. 그맘때 파커 J. 파머의 《비통한 자들을 위한 정치학》이라는 책을 읽고 있었는데 이런 문장을 발견했어요. "(펍은) 많은 민주주의에 꼭 필요한 종류의 멋지고 좋은 장소다. 거기에 오는 모든 사람을 환대하기 때문이다. 그곳은 낯선 사람들이 어우러지는 소우주다. 거기에서 우리는 모이고 서로 친숙해지면서 다른 장소에서보다 더 좋은 친구들을 만나게 된다. 우리가 알아야 할 것들의 일부는 우리와 다르게 사는 사람들 속으로 경계를 넘어 들어가는 것을 통해서만 배울 수 있다." 제가 펍을 열 수 있게 용기를 준 문장이에요. 모든 사람에게 공간을 열어두어야 한다는 두려움이 민주주의로 가기 위한 멋진 장소로 탈바꿈하면서 저는 펍의 주인장이 되기로 했습니다.

'요이땅삐삐'라는 이름이 특이한데요. 어떻게 짓게 되었어요?
어린 시절 놀이할 때 '시작'을 알리는 말과 제가 좋아하는 '삐삐'를 합한 말이에요. 삐삐는 용감하고 약한 자들을 보호하고 자유로운 아이인데요. 어릴 때부터 삐삐의 그런 면을 닮고 싶어서 별명을 스스로 삐삐라고 지었고 주변에서도 다들 그렇게 불러요.

그 이름으로 옷가게를 확장한 펍을 열었고, 지금은 숙소까지 운영하게 되었어요. 계획하기보단 자연스럽게 이뤄진 일인데요. 저희가 술을 좋아해서 시골에 늦은 밤 술 마실 공간이 없어서 아쉬웠어요. 그래서 펍을 시작하게 되었고요. 우리 가게에서 공연하거나 관광객이 왔을 때 주변에 숙소가 많지 않고 택시가 잘 오지 않아서 난감할 때가 있었어요. 지금은 주변이 활성화되어서 숙소가 좀 생겼지만, 초반에는 많지 않았어요. 그래서 요이땅삐삐 옆 공간이 비면서, 거기다 숙소를 열게 된 거예요. 뮤지션들에게 숙소도 제공해주고 관광객들이 늦은

밤 술과 음악을 즐길 수 있게 말이죠.

요이땅삐삐는 성심약국이라는 자그마한 공간에서 동네 사랑방 역할을 해왔습니다. 확장한 지금은 어떤 차이가 있는지 궁금합니다.

확장한 지금은 전체적으로 시설이 향상되었어요. 이제 외부로 소음이 나가는 일이 줄어서 공연에 제약을 받지 않아요. 날씨나 소음으로 인해서 하지 못했던 외부 공연을 내부에서 편안하게 할 수 있어요. 그리고 옛날에는 동네 사랑방으로서 소수 인원의 아지트였다면, 지금은 좀 더 많은 사람이 오는 확장된 공간이 되었어요. 관광객이나 이주하신 분들, 한달살이 하는 분들… 그런 분들이 오시죠. 시골에서는 공연을 좀처럼 접하기 힘든데, 이렇게 다양한 사람이 와서 즐겨줌으로써 독특한 로컬 분위기를 만들어주고 있어요.

또 이전과 같은 점은 단골 친구들이 계속 오고 있다는 거죠. 확장했다고 해서 갑자기 우리 아이덴티티나 원래의 분위기가 바뀌는 건 아니니까요. 편하고 자유로운 분위기는 그대로 유지하고 있으니 예전 요이땅삐삐를 좋아하던 친구들이 꾸준히 찾아주고 있다고 생각해요. 확장하면서 잃지 않으려고 했던 점이 바로 그것이고요. 시설은 업그레이드됐지만 캐주얼하고 편안한 날 것의 분위기는 그대로랍니다.

날 것의 분위기를 예로 들면 어떤 것이 있을까요?

외부 마당의 모닥불 공간, 조명, 통유리로 바라보는 마당 풍경을 예로 들 수 있어요. 도시적이거나 세련된 느낌보다는 자연적인 느낌을 반영하려고 했어요. 그리고 운영 시스템으로는 서로를 손님과 주인으로 대하기보다 예의를 지키되 최대한 자유롭게 즐길 수 있는 분위기를 만들어가요. 지켜야 할 기본 요소는 있지만 공연 때 맘껏 춤추고 무대와 호흡할 수 있어요. 공연하니까 이거 하지 말아라, 저거 하지 말아라 등의 제한보다는 그 공연을 최대한 즐길 수 있는 분위기를 조성하죠. 그래서 공연할 때 편하고 자유롭다는 평을 자주 해주세요. 유행하는 춤을 춘다든지, 주변 시선에 신경 쓰는 게 아니라 자신이 하고 싶은 대로 공연을 즐기게 합니다. 그 누구도 세련됐네, 또는 화장을 이렇게 했네, 무슨 옷을 입었네 하는 평을 하지 않아요. 그저 자신의 모습으로 와서 자유롭게 즐기다 가는 거죠. 날 것의 분위기는 공간에서도 드러나지만, 이곳을 찾는 손님의 태도에서도 나타납니다.

요이땅삐삐는 오픈 때부터 공연을 쭉 기획해왔는데요.
그 중에서도 특별한 공연이 있었다면요?

최근 〈이희문 오방신과〉가 다녀갔어요. 지인의 소개로 여길 알게 되었나 봐요. 시골에 재미있는 펍이 있으니 제주에 온 김에 이곳에서 공연하게 된 거죠. 그때 이들을 위해 동네 친구들이 다 코스프레를 하고 기다렸던 거예요. 엘비스 프레슬

리 가발을 한 친구, 프랑스 할머니 분장을 한 친구, 곰방대와 갓을 두른 친구, 아이들 장신구로 치장한 친구, 부모님 두루마기를 입고 온 친구 등 갖가지 분장을 하고서 기다렸던 거죠. 반바지에 편한 차림으로 왔던 이희문 씨 일행이 그 광경을 보고 부랴부랴 가발을 쓰고 등장했어요. 그날 뮤지션과 관객이 공연에 빠져드는 몰입도는 최고였어요. 뮤지션이 관객

과 호흡하는 게 이런 거구나 싶을 만큼 최고의 무대를 선보였
죠. 심지어 이희문 씨가 관객들 모습을 영상으로 담을 지경이
었어요. 관객 중에 만삭인 친구가 있었는데 저고리를 입고서
는 배를 잡고 어깨로만 들썩들썩 춤을 추고, 프랑스 할머니로

분장한 친구는 춤도 할머니처럼 췄답니다. 상상이나 했겠어요. 불 꺼진 시골 거리, 차 한 대 지나지 않는 이곳에 이런 사람들이 모여 있다는 것을요. 그날 공연이 끝나고 손님들이 갈 때 한분 한분 저와 포옹하면서 "오늘 정말 행복했어요"라고 말했어요.

행복이라니! 그 말을 듣고 그 잠깐의 공연이 어떤 힘이 있기에 이 많은 사람을 행복하게 했을까 생각해봤어요. 확장하기 전 자그마한 가게였을 때, 남편이 이희문 영상을 틀면서 언젠가 우리 가게에서 공연한다면 좋겠다고 했었어요. 그때는 말도 안 되는 소리라고 생각했는데, 그 일이 실제로 벌어진 거예요. 권나무, 장필순, 최고은 등 제주 내려오기 전부터 팬이었던 뮤지션들도 우리 가게에서 공연했어요. 이 공간을 만들고 공연을 하면서 작은 꿈을 이뤘어요. 공연을 본 사람들이 함께 기뻐해주니 공감을 얻은 거기도 하고요.

2022년 가을에는 제주에서 활동하는 <오마르와 동방전력>의 공연이 있었어요. 서로 다른 국적을 가진 뮤지션들이 함께 공연한 자리라고요?

몇 년 전부터 공연하자는 이야기를 주고받다가 겨우 날짜를 잡았어요. 그날 공연을 본 친구가 공연을 보는 동안에 중동도 여행하고 아프리카도 여행하고 우주까지 여행한 기분이 들었다고 후기를 올렸어요. 그 글을 보고서 우리 공간에 온 동안은 잠시 삶의 무게를 내려놓고 다른 세계를 경험하고 가는

구나 그런 생각을 했어요.

낯선 사람들이 둘러앉아 밤에 대화하고 각자의 이야기보따리를 풀어놓으면 삶과 일상을 넘어서는 여행을 하는 거죠. 그때는 타인의 이야기를 통해 여행했다면 요즘은 음악을 매개체로 여행하는 것 같아요. 초기 가게 오픈 때는 누가 동네에 사는지 모르다가 가게를 하면서 손님으로 알게 되었고 이젠 가장 든든한 이웃이자 친구들이 되었어요.

에어비앤비 '요이땅삐삐 스튜디오', '요이땅삐삐 옷가게'도 함께 하고 있는데요. 세 곳의 연결고리가 있을 것 같아요.

펍과 옷가게, 그리고 숙소 인테리어에는 우리의 아이덴티티가 스며 있어요. 예를 들면, 자유로움입니다. 우리 가게에 오면 자유롭고 즐거웠으면 좋겠다는 생각으로 컬러나 인테리어를 단장했어요. 세 가지 색을 주로 사용했는데요. 주황은 술 마실 때 다양한 사람이 어울려서 마시는 분위기, 즉 다양성을, 초록은 자연스러움을, 노랑은 재미를 상징해요. 판매하는 옷도 자유롭고 편안한데 컬러나 디자인이 특이하고 재미있는 것으로 통일감 있게 선정했어요. 현재 우리 브랜드 로고가 모자인데요. 모자를 쓰면 다른 사람이 된 것처럼 변신할 수 있어요. 우리 가게에 왔을 때만큼은 누군가의 시선에서 자유로운 진짜 나 자신이 된 것처럼 즐길 수 있기를 바라서 로고를 모자로 정했어요. 제가 모자를 좋아하기도 하고요.

현재 위치한 곳이 한경면인데요.

그 지역만의 라이프스타일이 있다고요?

가게를 하면서 든든한 이웃이자 친구들이 생겼는데요. 협업이 필요한 것은 함께 해나가기도 하고 취미도 함께하는 사이예요. 예를 들면 함께 아침 바다수영을 가기도 하고 그로 인해 같이 다이빙 수업을 받고 있어요. 또 우쿨렐레, 젬베를 배우기도 하고 몇몇은 밴드를 결성하기도 했어요. 책을 좋아하는 친구들끼리는 북클럽을 만들어 정기 모임을 합니다. 함께 캠핑하기도 하고, 모여서 조깅을 하거나 테니스, 탁구 등을 치기도 합니다. 하지만 꼭 함께해야 한다는 규정은 없어요. 개인의 생활을 존중해주면서 자신만의 시간을 충분히 갖기도 하죠. 최근에는 만화가 친구들한테 원데이클래스로 그림을 배우자는 얘기도 나왔는데요. 주변을 둘러보면 각자 분야가 있어서 돌아가면서 가르치고 배우기만 해도 도시의 문화권이 부럽지 않을 정도예요. 어느새 우리가 배우고 있는 것이 한둘이 아닌 것을 깨닫고 우리끼리 빵 터져서는 "무슨 36학점 이수하고 있냐"며 농담도 했어요. 수학 빼고 모든 과목 강사가 다 살고 있어요. 다들 서울에 있을 때 무언가를 배우고 싶다는 욕망이 있지만 혼자서 끈질기게 해나갈 수 없거니와 직장 다니면서 여러 가지를 배우기는 어렵잖아요. 근데 여기서는 주변 친구들이 전문가들이니까 '같이 놀면서 배워간다'라고 깨닫게 되었어요. 또 한동네에 사니 마음만 먹으면 한달음에 달려가 만날 수 있고 언제든 고민이 있으면 털어놓을 수 있고 서로를 위로할 수 있어요. 물리적 거리가 가까운 만큼 심리적 거리도 가깝게 되더라고요.

요이땅삐삐 앞 거리에서
이웃들과 플리마켓도 했었지요?

제가 사는 고산리는 무척 아름다워요. 메인 도로길이 옛날 세트장 같기도 하고 이국적이기도 해서 이 길에서 문화행사를 진행해보면 좋겠다고 생각했어요. 그러다 동네 친구들과 가볍게 시작해보자 해서 플리마켓을 열었어요. 중고 물품들도 가져왔고요. 16팀이 참여했는데 예상대로 자유롭고 즐거웠던 시골 마켓이었어요. 골목 안 가게들도 거리로 나와서 자연스레 홍보가 되었고요. 이주민과 관광객뿐 아니라 원주민들도 구경하며 즐기셨어요. 이게 시작이라고 생각해요. 다음에는 사업 지원을 받아서 마을과 같이 10월에 '고산족장'이라는 이름으로 플리마켓을 열 계획이에요.

요이땅삐삐라는 공간이 고객에게 전달하고 싶은
경험은 무엇인가요?

사람들은 책임감 있는 일상을 살아가요. 각자 짊어지고 있는 고난이 하나쯤은 있잖아요. 그런 일상을 사는 와중에 잠시 그걸 내려놓고 우리에게 와서 새롭고 즐겁고, 때론 무아지경을 경험하기를 바랍니다. 음악을 통해 중동도, 아프리카도 여행하고, 우주까지 여행한 기분이 들었다는 고객의 후기에서처럼, 잠시 삶과 일상을 넘어서는 여행을 하고 가는 공간이 되면 좋겠어요. 제주도에 있는 뮤지션들은 묵묵히 해나가고 있어요. 경제적인 부분이 해결이 안 돼도 음악을 놓지 않고 계속 해나가는 거예요. 그런 친구들이 설 수 있는 무대가 있어야 한다고 생각해요. SNS나 유튜브 등 여러 플랫폼이 있지만 결국 아티스트들은 무대라는 공간에 있을 때 제일 빛난다고 생각해요. 우리 무대가 그런 공간이 될 수 있을지는 모르겠지만, 어떤 계단 하나하나를 밟으며 노력해요. 나중에는 창고처럼 큰 공간을 대여해서 무대를 기획하고 싶어요. 조금씩 확장해가다 보면 언젠가 우리가 바라는 무대를 만들 날이 오겠죠.

요이땅삐삐가 추구하는 가치 단어가 있다면요?

우리 공간에 와서는 잠시 자유롭게 행복하고 즐거운 자신만의 무아지경에 빠졌다 가기를 바라요. 그래서 가치 단어는 자유, 다양성, 소우주입니다.

제주도에 있는 뮤지션들은 묵묵히 해나가고 있어요. 경제적인 부분이 해결이 안 돼도
음악을 놓지 않고 계속 해나가는 거예요. 그런 친구들이 설 수 있는 무대가 있어야
한다고 생각해요. SNS나 유튜브 등 여러 플랫폼이 있지만 결국 아티스트들은 무대라는
공간에 있을 때 제일 빛난다고 생각해요. 우리 무대가 그런 공간이 될 수 있을지는
모르겠지만, 어떤 계단 하나하나를 밟으며 노력해요. 나중에는 창고처럼 큰 공간을
대여해서 무대를 기획하고 싶어요. 조금씩 확장해가다 보면 언젠가 우리가 바라는
무대를 만들 날이 오겠죠.

○

책방지기이자 부부인 정도선과 박진희는 2019년 한림읍 작은 마을 옛
집에서 책방소리소문을 시작했다. '소리소문없이 오래도록 좋은 글, 좋
은 책을 전하고 싶다'라는 뜻을 지닌 책방은 이들이 꿈꿔온 공간이다.
책방은 2021년 가을, 한림에서 한경면 저지리 마을로 자리를 옮겨서
재오픈했다. 제주 옛집의 풍경은 여전하지만, 공간이 넓어져 더 많은
독자를 품에 안게 되었다.

소리소문없이, 이 좋은 책들이
알려지길

소리소문

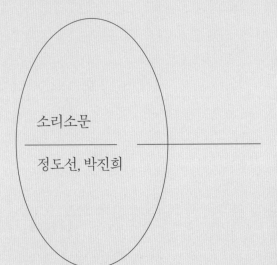

소리소문

정도선, 박진희

"책방에 와서 책등만 보더라도, 그래서 제목만 훑어보더라도 지금 세상이 어떻게 돌아가는지 알 수 있게 만드는 큐레이션을 하고 싶어요. 내가 무엇을 원하는지, 앞으로 뭘 준비하고, 부족한 것은 무엇인지 알 수 있는, 그런 공간으로서의 서점이 된다면 더할 나위 없겠어요. 책방에 와서 위로받고 좋은 책을 발견하는 일을 넘어, 이 거대한 세상의 흐름을 읽을 수 있는 공간이 된다면 좋겠어요."

소리소문은 어떤 공간인가요?

도선　시골마을에 위치한 로컬 책방으로, 책 외에 다른 걸 판매하지 않는 '책만 파는 서점'입니다. 저희 책방에서는 약 5천 종의 책을 주제별로 다양하게 큐레이션해요. 저희가 책에 집중하는 이유는 책방에 오는 손님들도 책에 집중하기를 바라서입니다. 책방지기는 좋은 책을 소개하고 손님들이 그 좋은 책을 계속 읽을 수 있게 환경을 만들어야 한다고 생각해요.

진희　책은 미처 자신이 발견하지 못했던 감정을 찾게 해주는 도구입니다. 수많은 책 중 나의 감정을 표현한 것 같은 책 제목을 발견했을 때, 책방지기의 추천이 마치 날 향해 말을 걸어오는 것 같을 때, 아마도 지구상의 수많은 사람 중에 나를 위해 이 글이 쓰인 것 같아 외롭지 않은 기분이 들 겁니다. 책방소리소문은 그렇게 사람들이 자신에게 필요한 감정이 무엇인지 발견하게 하고, 뜻밖의 발견 속에서 위로받게 하는 역할을 해요. 그래서 저는 손님들이 보다 오랫동안 책방에 머물기를 희망합니다.

도선 저희 책방에는 북큐레이션을 해놓은 공간이 꽤 많이 있어요. 이 코너들은 일정 주기마다 책이 추가되거나, 다른 주제로 새롭게 바뀌고 있어요. 하나의 코너를 만들기 위해서는 먼저 기획하고, 조사하고, 독자나 그 분야에 관련된 사람들의 의견을 반영하여 책을 고릅니다. 그리고 이 책들을 알리기 위한 홍보물을 디자인하여 책을 진열한 뒤, 사진을 찍어 SNS에 소개합니다. 책 한 권을 알리는 데 들이는 노력치고는 과하다 싶을 수 있습니다. 하지만 이렇게 노력을 쏟는 이유는 책이 생물生物이기 때문이에요. 방치되고 그 자리에 고여 있으면 책은 생기를 잃습니다. 서가에 내버려 두면 고독사孤獨死해요. 책방지기의 역할은 책들이 죽지 않고 생기를 가질 수 있도록 늘 알맞은 자리를 찾아주고, 새로운 주제와 의미를 부여하고, 책을 데려갈 주인을 만들어주는 일입니다.

이름 뜻이 궁금해지는데요.

진희 '작은 마을의 작은 글들'이라는 뜻이고요. 2019년 책방을 처음 시작했던 한림읍 상명리 자리도 그렇고 2021년 재오픈한 지금의 저지리 자리도 그렇고, 모두 마을 안에 있는 옛집을 고쳐서 쓴 공간이에요. 시내가 아닌 작은 마을 속에 있는 그런 곳인데요. 이중적인 의미로 '소리소문없이 퍼져나

'가길' 바라는 마음을 담아서 책방 이름을 지었어요.

제주에 책방을 열게 된 계기는 무엇일까요?

도선 여행으로 한 달 살기 왔다가 우연히 처음 터를 잡았던 곳을 보고 여기라면 해볼 만하다 싶었어요. 연세도 싸고 초기 비용도 별로 들 것 같지 않아서요. 일단 망해도 크게 망하진 않겠구나 싶었죠(웃음). 책방 여는 게 항상 제 꿈이기도 했고요. 하지만 창업에 대한 고민은 아주 오랫동안 이어졌어요. 워낙 사정을 잘 아니까요. 책방의 현실과 출판의 현실을 잘 아니까 이 일로 먹고살 수 있을까라는 고민에서 해답을 못 찾았던 거죠. 그런데 그 공간을 보자마자 용기가 생기더라고요. 어떻게든 유동인구가 많은 대도시로 가야 돈을 벌 텐데, 그러기에는 초기 자본이 많이 들어서 우리는 최대한 작은 시골 동네에서 시작해야 했어요. 그리고 공간이 너무 예뻤어요. 일단 옛집 정취가 그대로 살아있었죠. 제주의 풍경이 살아있으면 외진 곳이라도 손님이 오지 않을까 하는 약간의 희망을 가졌던 것 같아요.

현재 소리소문은 자리를 옮겨 시즌 2를 맞이했는데요.
한림읍에서와 지금의 소리소문은 같으면서 또 다른 면이 있을 것 같아요.

진희 같은 점은 책의 본질에 집중하는 서점이라는 거고요. 다른 면은 전보다는 책방에 좀 더 오래 머무를 수 있는 공간을 많이 만들었다는 점이에요.

도선　예전 책방은 규모가 지금보다 작았어요. 그러니까 그곳은 저희의 개성이나 취향이 똘똘 뭉쳐 있는 공간이었다고 하면, 여기서는 조금 느슨해진 것 같아요. 느슨해지고 좀 더 시야가 넓어지고 풍성해졌죠. 그래서 어떤 분야의 책을 고를 때 선택의 폭이 넓어졌어요. 다양성이 생긴 거죠.

책방을 옮기기 전에 걱정을 많이 하셨잖아요.

어떤 것 같아요?

도선　공간이 바뀌면서 채워진 내용이 바뀔 테니 걱정을 많이 했는데요. 지금은 더 넓어진 공간 덕분에 큐레이션도 폭넓어져서 오히려 더 좋은 것 같아요.

진희　우리가 처음에 책방을 만들 때는 욕심이나 기대치가 굉장히 낮았거든요. 근데 뚜껑을 열어보니까 생각보다 더 많은 사랑을 받고 있음을 알게 되었어요. 그래서 공간을 옮길 때 그게 부담이 됐던 것 같아요.

도선　사람들의 기대치를 채워야 한다는 강박감이 있으니, 원래 가졌던 책방의 본질을 벗어나서 다른 사업 아이템도 구상하게 되더라고요. 점점 산으로 가고 있다는 느낌이 들어서 힘들었죠. 사람들이 하는 기대를 움켜쥐려는 마음이 힘들게 한 거죠. 그런데 오픈 즈음 책방 운영에 대한 워크숍을 했어요. 그때 얘기를 나누면서 누군가의 기대에 부응하는 것이 아니라 있는 그대로의 소리소문에 집중하면 되겠다고 생각하게 되었어요. 그래서 다른 사업으로 확장을 하지 않았어요. 잘한 것 같아요.

지금 하신 대답과 연결되는 것 같은데요.

막상 자리 이전해서 문을 열고 난 후의 고민도 궁금해요.

도선 공간도 아름답고 그 속에 차 있는 내용도 알차야 한다고 저는 생각하지만, 어떤 분들은 공간만 보기도 해요. 책은 안 보고 어떤 예쁜 대상들만 본다던가… 책방을 관광지로 여기고 오는 분들이 여전히 있다는 게 고민이에요.

진희 그렇다고 해서 아름다움을 포기하고 좋은 책만 가져다 놓아도 안 된다고 생각하거든요. 이 책을 효과적으로 전달하려면 공간과 내용이 조화롭게 어우러져야 해요. 그래서 다양한 큐레이션을 해놨어요.

도선 그래서 나의 고민은, 공간만 보러 온 분들이 어떻게 책에 관심을 갖고 읽게 만드는가예요. 그 고민을 풀어낸 코너들이 곳곳에 있는데요. 예컨대 '책방에 억지로 따라온 남자들을 위한 책 코너'가 그런 고민에서 나온 큐레이션이거든요. 책방 손님 성비가 8대 2예요. 여성고객이 월등히 많죠. 남성들 대부분은 여자 친구나 가족에 의해서 끌려왔고요. 여기 와서 책도 제대로 보지 않고 핸드폰만 만지작거리는 남자들을 보면 속상하더라고요. 그래서 그런 사람들도 어떻게 책의 흥

미를 느끼게 할 수 있을까 하는 고민 끝에 나온 것이죠. 서점이 재밌는 공간이 되어야 조금이라도 흥미를 느낄 수 있을 테고, 책 표지라도 한번 들춰보는 분이 한 분이라도 생기면 그 큐레이션은 성공한 거라고 봐요. 그런 고민이 지금도 이어지고 있어요. 관광지에서 책방을 하면 어쩔 수 없이 일어나는 일일 거예요. 여기를 관광 명소로 보고 여행지 코스의 하나로서 오는 분들을 어떻게 책에 관심을 돌리게 할 것인가에 대해 늘 고민해요.

도선 씨가 오랫동안 책 큐레이션을 해왔던 사람이었고, 꿈이 책방을 여는 것이었잖아요. 그 부분에 대해서 좀 더 얘기해주세요.

도선　제가 초등학교 3학년 때 부산에서 충남 홍성이라는 아주 작은 시골마을로 이사를 갔는데요. 부모님은 바쁘고 친구도 없고 외로웠어요. 그때 유일한 친구가 바로 하굣길에 들르던 서점이었어요. 서점에 매일 들락거리면서 구석에 철퍼덕 앉아서 책을 보곤 했는데요. 어느 날 그 구석에 주인아저씨가 의자를 하나 놓아주신 거예요. 나를 향한 서점의 따뜻함이 느껴져서 커서 서점에서 일해야겠다는 꿈이 생겼어요. 그리고 어른이 돼서 진짜 서점에서 일하게 되었어요. 계속 그 꿈을 키워나가다가 10년 가까이 서점에서 일해도 독립할 엄두가 안 났어요. 사실 무서웠죠. 서점을 꾸려나갈 수 있을지 희망이 보이지 않았어요. 그랬는데 제주도에 와서 이렇게 문을 열게 되었네요.

소리소문에는 특별한 전시 공간이 있어요.
그중에서 기억나는 전시 몇 가지를 소개해주세요.

진희　두세 달에 한 번씩 했으니까 20회 가까이 전시를 마련했어요.

도선　가장 기억에 남는 전시는 책방 초창기에 열었던 '기생충 전시'예요. 영화 〈기생충〉이 한창 상영 중일 때였어요. 그 영화를 통해서 볼 수 있는 사회 단면들을 키워드로 뽑아서 책을 진열했어요. 영화를 더 깊숙이 이해할 수 있게끔 하는 큐레이션이었는데요. 영화에 나왔던 수석(돌)을 구하진 못했지만, 돌맹이 하나를 전시 공간에 가져다 놨는데 사람들이 그걸 좋아하더라고요. 그 이후로도 사회 현상을 보여줄 수 있는 큐레이션 기획을 많이 했어요.

진희 책 표지를 새롭게 그리는 이신기 작가님과의 협업 전시도 생각나요. 헌책, 또는 오래되어서 인정받지 못한 책, 가치 없게 평가되는 낡은 책 등을 리커버링해서 생명을 불어 넣어 주는 작업이에요. 오래된 책을 새롭게 보이게끔 하는 리커버북이 너무 좋은 거예요.그 작업이 사람들한테 알려졌으면 좋겠다고 생각해서 전시를 기획했어요. 이후로도 리커버북 코너를 만들어 인연을 이어가고 있어요. 리커버북 중에서는 제주 버전이 있어요. 제주의 느낌이 물씬 나게 표지 작업을 한 건데요. 제주 기념품들이 되게 한정적이잖아요. 그래서 책도 이 공간을 기억하는 매개체가 될 수도 있고 기념품도 될 수 있다는 개념으로 접근하니까 사람들 반응이 좋았어요. 그리고 여기서밖에 못 사잖아요. 소장 가치가 있죠. 독자들이 많이 사가는 편이에요. 이 리커버북과 블라인드북이 판매가 잘 돼요. 블라인드북은 키워드를 정해서 그에 맞는 책을 선정하고 포장한 책인데요. 책방에 왔지만 어떤 책을 골라야 할지 모르는 독자나 선물용 책을 고르는 분들에게 인기가 많아요.

도선 초기에는 제주에서 활동하는 작가들하고 뭔가 만들고

싶은 욕구가 강했어요. 제주라는 곳에 같이 살아가면서 서로 어떻게 도움이 될 수 있을까라는 고민을 많이 했었어요. 그래서 기획 전시를 하는 방식으로 어떤 작가의 작품을 전시하고 우리도 수익을 만들려고 했죠. 이후로도 제주에서 활동하는 작가분들하고 협업을 많이 했어요.

소리소문이 생각하는 책방의 역할은 무엇인가요?

도선 책이 다양한 세계관과 인생관을 보여주는 역할을 한다고 생각해요. 책은 현시대의 창이에요. 책을 보면 시대 상황도 보이고 그 시대를 살아가는 사람들의 마음도 헤아릴 수 있어요. 그래서 책방은 동시대를 살아가는 사람들의 목소리를 듣고 그 목소리를 바탕으로 자기 내면의 소리도 들어볼 수 있는 그런 창구라고 생각해요. 세상에 관심을 기울이고 자기 내면의 목소리를 듣는 방법을 찾는 공간이 책방이고 그런 공간을 만드는 게 책방의 역할이라고 생각합니다.

진희　　책방에 와서 책등만 보더라도, 그래서 제목만 훑어보더라도 지금 세상이 어떻게 돌아가는지 알 수 있게 만드는 큐레이션을 하고 싶어요. 내가 무엇을 원하는지, 앞으로 뭘 준비하고, 부족한 것은 무엇인지 깨닫는, 그런 공간으로서의 서점이 된다면 더할 나위 없겠어요. 책방에 와서 위로받고 좋은 책을 발견하는 일을 넘어, 그보다 이 거대한 세상의 흐름을 읽을 수 있는 공간이 된다면 좋겠어요.

지역 크리에이터와 소상공인과 함께 마당에서 플리마켓을 열었어요. 어떻게 기획하게 된 거예요?

진희　　기획 목적은 다 같이 재밌게 놀기 위해서 판을 만들어 보자는 거였어요. 우리 동네에서 장사하는 분들과 즐겁게 어울리는 자리를 만들고자 했어요. 나만 잘 먹고 잘사는 것보다 내 주변 이웃과 더불어 살아가는 게 더 즐겁잖아요. 돈을 벌어도 다 같이 벌 수 있으면 했어요. 게다가 재미까지 있으면 더 좋잖아요. 그런 취지로 플리마켓을 열었어요.

도선 주변 소상공인과 지역 크리에이터에게 그 얘기를 꺼 냈더니 다들 흔쾌히 참석하겠다고 했어요. 하지만 걱정됐던 게 나는 진짜 즐겁게 놀아보자 했는데 그분들은 혹시 장사가 안 되면 어떡하지 하는 거였어요. 또 비가 오면 어떡하지, 손 님이 안 오면 어떡하지… 그런 걱정을 많이 했어요. 그런데 동네 사람들이 응원해주러 많이 오셨어요. 예상치 못하게 손 님이 많아서 제가 주차요원으로 나서기도 했고요. 돈이 오가 는 마켓이지만 다들 동네잔치처럼 즐기다 가신 것 같아요. 그 때 우리가 했던 플리마켓은 진짜 제주 서쪽에서 활동하는 브 랜드들만 모아서 한 거였어요. 자기만의 색이 확실한 분들이 었죠. 그런 점에서 대형 플리마켓과의 차별점이 있어요. 어디 서나 볼 수 있는 브랜드가 아니고 진짜 제주 서쪽 동네에서만 만날 수 있는 물건들이었으니까요.

진희 제 개인적인 생각에는 플리마켓은 돈만이 목적이 아 니라 어울려서 함께 상권을 만들어가는 지역 소상공인의 유 대와 분위기에 더 큰 의미를 둔다고 봐요. 그리고 그날의 플 리마켓이 그런 이유로 재미있었다고 생각해요. 잘 부르든, 못 부르든 우쿨렐레 들고 와서 연주하고 노래 부르고, 그걸 보는 손님들은 이곳이 물건만 사고 가는 곳이 아니라 함께 즐기는 곳이구나 생각해서 같이 즐겨주셨던 것 같아요. 다음에는 규 모를 조금 더 크게 해서 서쪽 소상공인과 치앙마이에서 온 플리마켓 팀과 함께할 예정입니다.

책과 관련한 공연, 저자와의 만남, 전시 등 문화의 중심 역할을 하고 있는데요. 그런 기획들은 어떻게 이루어지고 있는지 궁금합니다.

도선 초반에는 우리가 기획하고 작가들을 직접 찾아다녔어요. 주제를 먼저 정하기도 하고요. 예를 들어 '기후위기'와 관련된 것을 하자고 정하면 그걸 다루는 아티스트들을 찾아서 연락해 같이 해보자고 제안했어요. 지금은 그런 기획들이 조금씩 쌓이다 보니까 먼저 연락이 오는 분들이 있어요. 그분들이 어떤 기획으로 전시를 하자고 제안해주시면 그에 맞는 기획전을 준비하기도 합니다.

진희 일단 주제가 다양하다는 게 책의 장점이에요. 책으로 풀어낼 수 있는 이야기들이 많아서 책방에서 하는 기획이 다양하게 나올 수 있어요.

그중에서 소개하고 싶었던 프로젝트나 공연,
혹은 저자와의 만남이 있는지 궁금한데요.

도선 저희가 했던 행사 중에서는 낭독극이 기억에 남아요. 낭독극은 극 형식으로 각색한 소설을 낭독하는 공연으로, 문학이 사라져가는 시대에서 문학의 흥미를 북돋워 주는 구실을 해요. 요새 소설 잘 안 읽어요. 자기계발 하기도 바쁜데요. 그런 시대에도 소설이 이렇게 재미있었나 하면서 책 한 번 들

출 수 있게 하는 힘이 낭독극에는 있어요. 그래서 낭독극 문화가 알려지고 다른 책방이나 도서관, 학교… 어디든 많이 퍼져나갔으면 좋겠어요.

주변에 친구도 많고 소상공인도 많아서
무언가를 함께 하거나 삶을 공유한다고 들었어요.

진희 취향이나 가치관이 비슷한 사람을 만나는 게 어려운데요. 지금 이 마을에서 그런 사람들을 많이 만났어요. 놀기만 하는 게 아니라 같이 자기계발을 해요. 이런 것들이 끊임없이 서로한테 플러스 요인이 되고 있어요. 이 시골의 삶도 윤택해지는 것 같고요. 저번에 동네 친구들과 독서 모임을 하다가 '과연 예술이란 무엇일까'로 이야기를 나눴어요. 저는 일상에서 볼 수 없었던 틈들을 보는 게 예술이 아닐까라고 대답했고요. 이렇게 모여서 책을 읽으며 "예술이 뭐지?"라고 묻는 그 자체가 예술인 거죠. 음악, 시, 글, 자기 내면의 건강함… 이런 게 모두 예술과 아름다움을 기반으로 하잖아요. 그런 아름다움과 예술을 이야기하는 사람들 속에도 예술이 깔려 있는 것 같았어요. 예술은 사람과 사람의 다름을 부드럽게 연결해주죠. 각각 다른 일을 하고 저마다 추구하는 게 다를 텐데, 예술이라는 연결고리가 서로의 관계를 견고하게 만들어주는 것 같아요.

소리소문이 추구하는 가치 단어가 있다면

이야기해 주실 수 있나요?

진희　책, 사람, 사랑입니다. 책이 담고 있는 내용은 결국에 사람 사는 이야기고, 사람과 사람 사이의 근본이 되는 것이 사랑이잖아요. 이 세 가지는 뗄 수 없는 관계이고, 책이 이야기하는 것이 결국 사람과 사랑이라서 소리소문이 추구하는 가치라고 생각합니다.

책방은 동시대를 살아가는 사람들의 목소리를 듣고 그 목소리를 바탕으로 자기 내면의 소리도 들어볼 수 있는 그런 창구라고 생각해요. 세상에 관심을 기울이고 자기 내면의 목소리를 듣는 방법을 찾는 공간이 책방이고 그런 공간을 만드는 게 책방의 역할이라고 생각합니다.

PART 3

너와 나의 이야기를
기다리는 시간

○

연이어 태풍이 몰려오던 2019년 10월, 주인을 알 수 없는 화분들이 사이좋게 놓인 작은 골목에, 1976년에 지어졌다는 집 밖거리에 카페단단이 문을 열었다. 한여름 동안 지속되던 인테리어 공사를 마치고 카페 오픈식을 알리고자 동네 주민들에게 떡을 돌렸던 그 날 또다시 태풍이 닥쳤다. 떡을 받은 제주도민의 의리였을까. 카페단단이 문을 여는 날, 우산이 찢어지고 비바람에 머리가 헝클어지고 옷이 다 젖은 온 동네 사람들이 찾아왔다. 태풍을 뚫고 온 단단한 손님과 카페 이야기를 대표 방승주에게 들었다.

단단한 진심으로
뿌리내리기

카페단단

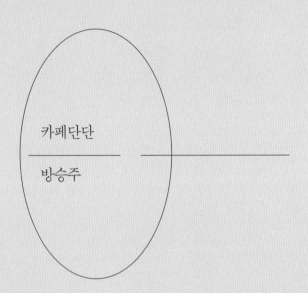

카페단단

방승주

"시그니처가 무엇인지 물어보시면, 보통은 제가 되려 더 많이 물어봐요. 시그니처가 중요한 게 아니라 오셨을 때 맛있는 커피를 드시고 가시는 게 중요하기 때문이에요. 단 커피를 좋아하시는지 그렇지 않은지, 우유가 들어간 걸 좋아하시는지 안 들어간 걸 좋아하시는지⋯여쭤보며 손님의 취향에 맞는 커피를 선택하게끔 도와드려요."

제주에 살게 된 계기가 궁금해요.

여행으로 제주에 온 건 2005년이었어요. 저가 항공이 그때 처음 생겼거든요. 사진 동아리에서 활동하면서 무전여행 콘셉트로 5박 6일 동안 제주에서 사진만 찍었는데요. 그때 좋았던 기억이 해마다 제주로 오게 했고, 그 횟수가 점점 늘어나면서 언젠가 아내와 함께 제주도에서 한번 살아보고픈 소망으로 이어졌어요.

그전까진 평범한 회사원이었고 사진은 학교 동아리에서 시작했고요. 아내도 동아리에서 만났어요. 둘이 성향이 잘 맞아서 장기 연애하면서 계속 제주도 얘기를 했어요. 제가 제주도에 더 살고 싶어 했는데 회사생활이 길어져서 아내에게 먼저 살아보라고 했어요. 그랬더니 진짜로 제주에 있는 지인의 게스트하우스에서 장기 숙박하더라고요. 제주도가 마음에 들었는지 내 전화도 잘 안 받고요(웃음). 두 달 먼저 살면서 제주에 사는 것 괜찮겠다고 말해서 저는 "알았어. 여기 정리하고 곧 갈게"라고 했죠. 완전히 이주한 지는 5년쯤 되었습니다.

카페에 있는 엽서 사진도

직접 찍으신 거예요?

네. 사진 찍는 걸 좋아하고 순간순간 풍경에서 오는 감동이 있어서 기록하는 걸 좋아해요.

제주에 올 때부터 카페를

운영할 생각이었어요?

제주 오기 전에는 세스코라는 회사에 다녔는데요. 제주에 직영지사가 있어서 2년 동안 거기서 일했어요. 영업하며 외근하러 다녔는데 제주도에 평소 다닐 수 없었던 곳곳을 알게 됐고, 곳곳을 다니면서 마음에 안식을 주는 카페를 많이 찾게 됐어요. 회사 다니면 스트레스를 받을 수밖에 없잖아요? 그럴 때 잠깐이라도 쉬면서 스트레스를 풀 수 있는 공간을 찾았는데, 이후론 힘들 때마다 무의식적으로 그곳에 가게 되더라고요. 카페 이름도 '그곳'이었는데(현재는 '로스터리 묶음'이라는 이름으로 운영되고 있어요), 공간이 마음에 들었고 그다음에는 커피를 좋아하게 됐죠. 맛있는 커피, 좋은 커피를 만나게 되면서, 내가 직접 이런 커피를 만들고 싶어서 배우게 됐죠. 서귀포에 있는 커피 스승님을 알게 되어서 커피를 만나고 공

부했어요. 글 쓰는 걸 좋아해서 개인 인스타그램에도 커피 관련된 글을 많이 썼어요. 지인이 월간 〈커피〉라는 잡지에 제주에 있는 카페를 소개하는 투고를 해보는 게 어떠냐고 해서 한 달에 두 군데 제주 카페를 취재하고 소개하는 글을 썼어요. 카페와 커피에 대한 갈망이 오래전부터 있었던 것 같아요. 그렇게 2년의 시간이 누적돼서 회사를 그만두고 이 공간을 만나고 카페를 시작했어요.

카페 공간을 찾다가
이곳을 만나게 되신 거예요?

어디에 할 것인가 또는 어떤 카페를 할 것인가에 대해서는 애초부터 명확했어요. 차를 주차장에 딱 세우고 바로 들어갈 수 있는 곳 말고, 동네 사람이 뚜벅뚜벅 걸어서 오는 장소에 카페를 하고 싶다는 게 첫 번째 조건이었고요. 두 번째는 걷는 여행자가 왔으면 좋겠다는 거였어요. 세 번째는 그런 여행자와 로컬주민이 같이 어울릴 수 있는 공간이 됐으면 좋겠다는 거였어요. 그래서 도심 곳곳을 돌아다니다가 이 동네를 발견하게 되었어요. 사진 찍었을 때 오는 감동처럼 좋았어요. 어르신들이 산책하고 화분이 거리에 자연스럽게 놓여 있고요. 아무도 그 화분을 가져가지 않아요. 화분은 자유롭게 광합성하고, 성당 종소리가 아름답게 울려 퍼지는 장소였어요. 사실 다른 분이 먼저 계약하셨는데, 취소하는 바람에 저에게 기회가 왔어요.

카페 이름인 '단단'은 어떻게 짓게 되었어요?

이름을 짓기까지 100개가 넘는 이름을 메모했어요. 저를 좀 촌스러운 사람이라 생각할 수도 있는데, 저는 영어로 된 이름은 오글거려서 못 쓰겠더라고요. 무조건 한글 이름을 사용하고 싶었어요. 그리고 오랜 시간 변함없는 원도심에 자리하고 있었기 때문에 그와 어울리는 이름이 뭐가 있을까 고민했어요. 이 건물이 1976년에 지어졌거든요. 그 후로 주인이 한 번도 바뀌지 않았어요. 집주인의 어머니가 이곳에서 자식을 다 낳으시고 출가시키셨대요. 또 그 어머니의 어머니가 여기서 양장점도 하셨고요. 그래서 오랫동안 뿌리내린 곳이구나 생각했어요. 외관도 단단했고요. 그럼 '카페단단'이라는 이름이 어떨까. 오랫동안 자리 잡은 이 집처럼 오시는 분들이 몸도 마음도 단단해져서 돌아갔으면 좋겠다. 그런 마음으로 짓게 됐어요.

예전엔 이 공간이 집이었다고요?

안거리와 밖거리가 있는 전형적인 제주 집이었어요. 주인 할머니는 밖거리에서 아이를 낳고 기르고 출가시키셨대요. 그 후론 에어비앤비로도 쓰이고, 예약제 레스토랑으로도 사용됐고요. 그리고 창고처럼 잊혔다가 저와 만나게 되었죠. 전체적인 구조를 많이 바꾸지 않았어요. 지금 보시는 이 아치는 처음 지어졌던 모습 그대로예요. 요즘에는 사용하지 않는 니스가 칠해져 있죠. 그런 것을 다 살리고 싶었어요. 전체적으로 큰 틀을 바꾼 건 없고 손님이 편하게 있게끔 친한 목수 형과 둘이서 뚝딱뚝딱 고쳐보자 했는데, 왜 전문가가 있는지 알겠더라고요(웃음).

공사하면서 힘드셨어요?

진짜 아무것도 모르고 좋은 공간에서 좋은 커피를 만들고 싶다는 생각 하나만으로 시작했으니까요. 무모했죠. 10월에 문을 열었는데, 공사를 7월에 시작했거든요. 공사하는 분들이 왜 여름 공사를 안 하는지도 알게 됐죠. 정말 덥더라고요. 톱밥이 날리니까 선풍기도 못 트는 상황에서 계속 검색해보며 바닥을 깔고 나무를 잘랐어요. 돌이켜보면 낭만적인 추억인인데, 다시는 못하겠다 싶었죠. 그런데 사람의 욕심이란 게 신기하죠? 언젠가는 또 하게 되지 않을까라는 생각이 들기도 해요.

좋은 커피, 좋은 공간의 정의는 무엇일까요?

카페에 왔을 때 편하다고 느낄 수 있어야 좋은 공간이라고 할 수 있어요. 그러니까 이 공간에 손님이 왔을 때 다른 것에 신경 쓸 필요가 없는 거죠. 커피를 마시러 왔으면 오로지 커피만 생각하게 하는 공간이 되는 거예요. 이를테면 난 책을 읽으러 왔어, 그러면 책만 읽으면 되는 거죠. 그냥 쉬러 왔어, 그러면 쉴 수 있어야 해요. 내 목적만 생각하고 다른 것에 신경 쓰지 않는 공간이 제일 좋은 공간인 것 같고요.

좋은 커피를 만드는 데는 여러 가지가 필요하지만, 결국은 부지런함에서 나오는 게 아닐까요? 매일 아침에 좋은 커피가 나올 수 있게끔 세팅하고 청소하고 환경을 바꿔보고…. 손님이 왔을 때 어떤 취향을 좋아하셨는지를 기억하거나, 어떤 취향인지 모르면 한 번 더 여쭤보는, 부지런함이 있어야 하는 것 같아요.

좋은 공간, 좋은 커피 못지않게 여기 소품에도 신경을 쓰셨는데요.
어떤 기준으로 선택하셨어요?

인테리어 소품이나 컵을 선택할 때는 '편안함'을 기본으로 삼았어요. 내가 마시기 편한지가 가장 중요하고, 용도 면에서 보온·보냉이 잘 되는 것도 생각하고요. 또 공간과 잘 어울려야 되니까 한 번씩 테이블에 놔보고 직접 들어보기도 하며 선택해요. 그리고 균형을 제일 많이 생각하는데요. 예를 들어서 색깔에도 균형을 맞추는 편이에요. 손님이 베이지 톤의 옷을 입고 오셨으면 베이지 톤의 커피잔을 드려요. 초록색 책을 들고 오셨으면 초록색 잔을 드려요. 이런 식으로 저만의 재미를 찾아요. 가끔 제가 말하지 않아도 그것을 깨닫고 손님이 좋아하시는 게 느껴지면, 저만의 행복을 느끼죠.

시그니처 메뉴가 있나요?

따로 정해놓은 건 없어요. 모든 메뉴를 내가 세운 세 가지 기준에 충족했을 때 손님께 드리거든요. 첫 번째가 균형이에요. 어느 한 맛이 튀지 않게끔, 자극적으로 느끼지 않는 균형, 두 번째는 향기. 커피는 향이 중요하니까요. 세 번째는 깔끔함이에요. 처음부터 마지막까지 깔끔함을 유지할 수 있는가. 모든 메뉴는 이렇게 세 가지 기준에서 선별했어요. 손님들은 자주 같은 질문을 해요. 시그니처가 무엇인지 물어보시면, 보통은 제가 되려 더 많이 물어봐요. 시그니처가 중요한 게 아니라 오셨을 때 맛있는 커피를 드시고 가시는 게 중요하기 때문이에요. 단 커피를 좋아하시는지 그렇지 않은지, 우유가 들어간 걸 좋아하시는지 안 들어간 걸 좋아하시는지⋯ 여쭤보며 손님의 취향에 맞는 커피를 선택하게끔 도와드려요.

사장님이 제일 좋아하는 커피도 있나요?

플랫화이트를 좋아하는데 균형과 향 그리고 깔끔함에 가장 부합하는 메뉴이기 때문이에요. 플랫화이트가 한국에서 정체성이 모호해졌는데요. 저는 미국이나 호주에서 만드는 방법을 선호해요. 에스프레소를 짧게 내려서 감칠맛과 단맛 그리고 향은 극대화하고요. 우유 비율은 조금 줄여요. (아이스 플랫화이트는 크게 의미 없지만, 따뜻한 플랫화이트는 확실히 구분할 수 있어요.) 밀크폼을 카페라테에 들어가는 것의 절반 이상 줄여 플랫하게 하기 때문에 플랫화이트라고 부르거든요. 우유 스팀의 온도는 먹었을 때 따뜻하다는 느낌으로 가장 편하게 커피의 맛을 느낄 수 있어요. 혼자 먹을 때도 플랫화이트를 먹는 편이고, 어떤 카페에 가도 플랫화이트가 있으면 시켜보고 맛있으면 다른 걸 한 잔 더 시키는 편입니다.

커피 맛뿐 아니라 음악 선곡에도 크게 공을 들이시는 것 같아요.
어떤 기준으로 선곡하시나요?

카페를 하게 되면서 어떤 노래를 틀 것인가에 대해서 고민을 많이 했어요. 많은 카페를 다니면서 내가 좋아하는 음악도 중요하지만, 공간과 어울리는 게 제일이라는 걸 알았어요. 일단은 제가 좋아하는 노래를 틀어봅니다. 틀어보고 이 공간이랑 어울리는지를 봅니다. 어울리면 남겨두고요. 어울리지 않으면 지워요. 가끔 손님한테 신청도 받고 그 곡을 틀어봅니다. 틀어보고 어울리면 남겨두고요. 많은 손님이 계실 때 틀어보기도 하는데 누군가 갸웃한다 그러면 일단 뺍니다.

라디오를 듣다가 모르는 가수의 좋은 노래가 흘러나오면, 그 가수의 곡을 열 가지 들어보고 괜찮은 앨범은 전체 다 틀어 봐요. 그러다 보니까 결국 이 공간과 가장 잘 어울리는 노래들만 남게 됐어요. 여기가 제 공간이지만 사실 카페는 제 것이 아니거든요. 가끔은 역전돼서 제가 주인이 아니고 방관자가 될 때가 있어요. 한두 분이 오셨을 때 아무도 말을 안 하고 가만히 있을 때가 있거든요. 그러면 저도 이 공간의 분위기를 깨고 싶지 않아서 말하지 않아요. 어떻게 보면 그런 순간은 노래가 말을 걸게 되죠. 노래가 말을 걸어주고 공간의 대화를 책임지고 모두가 듣는 상황에서 오는 행복도 꽤 있습니다.

카페단단은 어떤 가치로 운영되는 곳인가요?

좋은 공간에도 가치를 두지만, '제주'를 전달하는 것에 대해 고민해요. 동네 카페로서 자리 잡는 것이 첫 번째로 중요하고요. 두 번째로 제주를 온전히 전달하려고 계절별로 농장에서 직접 받아온 과일로 음료를 만들어서 '제주에 이런 과일도 있습니다'라고 알려요. 지금은 금귤을 준비하고 있어요. 그리고 환경에 관심이 점점 많아지더라고요. 환경을 등한시하고 제주에서 카페를 할 수 있을 것인가, 또는 카페를 하는 것만으로도 환경을 훼손하는 것이 아닌가를 계속 고민해요.

큰 물결을 일으키지 못하지만 오히려 작은 카페이기 때문에 많은 시도를 할 수 있어요. 그래서 할 수 있었던 것들이 화장실에 종이타월 대신 천손수건을 쓴다든지 또는 유리 빨대를 쓴다든지, 옥수수 전분에서 추출한 원료로 만든 친환경 수지 제품을 쓴다든지… 하는 거예요. 한 가지 가치를 더 꼽자면 손님과 제가 같이 성장하는 브랜드가 되는 거예요. 손님이 계

속 왔을 때 이 공간이나 브랜드가 커져가는 것을 느끼고 손님에게도 그런 좋은 에너지를 계속 드리고 싶어요.

카페를 운영할 때 이건
꼭 지켜야지 하는 철칙이 있나요?

카페 처음 시작할 때 한 줄 적었던 것 중에 '숫자에 연연하지 않고'라는 게 있거든요. 카페를 하게 되면 보통 얘기하는 게 두 가지예요. 객단가와 회전율. 그 자체가 손님을 숫자로 보는 거잖아요. 그러고 싶진 않거든요. 손님은 하나의 사람이고 인격체이기 때문에 그 손님을 숫자로 받아들이고 싶지 않아요. 그렇다 보니까 초반에 힘들긴 했는데, 지금은 그 마음을 많이 알아주셔서 감사해요. 철칙이 있다면 정말 그거 하나인 것 같아요. 숫자에 연연하지 않고 단단한 진심으로 대한다.

단골이 많을 텐데요.
그 중 기억에 남는 손님이나 에피소드가 있을까요?

이 질문이 제일 어려워요. 왜냐하면 제가 손님을 너무 사랑해서요. 아내는 저한테 맨날 "적당히 사랑해라" 그래요(웃음). 굳이 꼽으라면 임산부 손님들이 기억에 남아요. 메뉴 중에 디카페인 원두가 있는데 그걸 빼지 않는 이유 중 하나가 임산부 손님들 때문이에요. 출산을 앞둔 손님이 "출산 전 마지막 커피"라고 하신 적이 있어요. 그리고 꽤 시간이 꽤 지났는데 아이와 함께 오셨죠. 그때 "출산 후 첫 커피"라고 하셔서 감동받았어요. 그 아이 태명이 심지어 '단단'이라고 하는데 거룩한 느낌까지 들었어요. 손님이 그 아이와 계속 오는데 아이가 점점 커가는 게 눈에 보이더라고요.

어머니와 함께 오신 세 자매 가족들도 생각나네요. 처음 가게를 시작했을 때부터 찾아온 손님인데요. 공간을 마음에 들어 하는 손님은 들어왔을 때부터 표정이 다르거든요. 그러면 저는 그걸 보고 더 잘해 드리고 싶고요. 그분들이 그랬어요. 저에게 줄 것이 생기면 꼭 와서 챙겨주시고 명절 때는 과일도 챙겨주시고요. 그런데 이 가족이 어느 순간부터 따로따로 오기 시작하는 거예요. 어머님이 따로 오셔서 있는데 갑자기 딸이 와서 "어, 엄마 여기 있었어?" 그러는 거예요. 가족이 이곳에서 우연히 만나 오늘 저녁 뭐 먹을지 얘기하시더라고요. 저는 어머니가 안 계시는데, 그러다 보니 마음이 더 이입돼서 이 가족에게 애정을 느끼고 챙겨드렸던 것 같아요. 그리고 여행객 중에서도 2박 3일 여행 중에 왔다가 마음에 들어서 마지막 가기 전에 더 들리기도 하고… 기억에 남는 순간과 손님이 너무 많네요.

가끔 여기서 혼자 있을 때는
어떤 시간을 보내세요?

카페라는 업이 손님이 없을 때 아무것도 안 하면 진짜 평생 아무것도 못하게 될지도 몰라요. 손님이 없어도 계속 부지런하게 움직여요. 글을 쓴다거나 책을 읽을 때도 있지만 보통은 카페에 관련된 일을 해요. 손님 자리에 한 번씩 앉아보거든요. 이쪽 테이블에도 앉아보고 저쪽 테이블에도 앉아보고. 이쪽으로도 보고 저쪽으로도 보고. 어떤 느낌인지 뭔가 불편한 게 있는지 살펴봐요. 그러면 놓치고 있던 게 보이더라고요. 저기 먼지가 있네, 또는 컵이 좀 이상한데… 이런 식으로 계속 확인하고 부족한 제품을 채우죠. 인스타그램에 카페와 관련된 글을 올리기도 하고요. 어떤 일이 있었는지 가상의 공간에서 소통하죠.

카페단단이 어떤 브랜드로
기억되었으면 좋겠어요?

올해 손님들이 저한테 새해 목표가 뭐냐고 많이 여쭤보셔서 목표를 억지로 만들게 됐는데요. 뭐냐면 '남 눈치 보지 않고 더 부지런히 재미있게 살기'예요. 그것의 연장선으로 카페단단 브랜드가 올바른 방향성을 갖고 단단하게 한 걸음씩 나아가서 손님에게 다가갔으면 좋겠고 그 안에서 느껴지는 가치들을 함께 공감하기를 바랍니다. 큰 깨달음은 아니더라도 각각의 작은 울림이 전해져서 기억되기를요. 각자의 행동에 작은 변화로 이어지면 좋겠어요. 그 변화가 삶을 바꾸는 큰 변화라기보다, 여기를 오시든 오시지 않든 카페 인스타그램만 보더라도 이런 카페가 있구나 하면서 마음 안에 따뜻함 정도만 드려도 이 카페는 성공한 것으로 생각해요. 그렇게 계속 성장하면서 저 카페는 재미있는 일을 많이 하네, 좋은 방향성을 갖고 있네, 뭔가 점점 커지고 있네… 하며 같이 느꼈으면 좋겠어요.

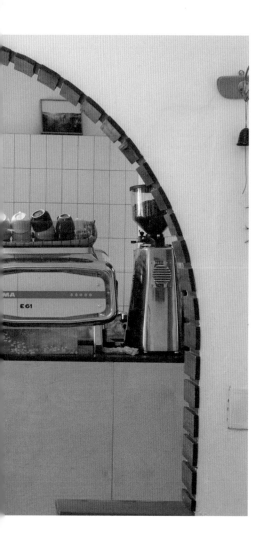

어떤 카페를 할 것인가에 대해서는 애초부터 명확했어요. 차를 주차장에 딱 세우고 바로 들어갈 수 있는 곳 말고, 동네 사람이 뚜벅뚜벅 걸어서 오는 장소에 카페를 하고 싶다는 게 첫 번째 조건이었고요. 두 번째는 걷는 여행자가 왔으면 좋겠다는 거였어요. 세 번째는 그런 여행자와 로컬주민이 같이 어울릴 수 있는 공간이 됐으면 좋겠다는 거였어요.

○

랄라밀랍초는 룰루·랄라 부부의 밀랍초 브랜드이다. 그들은 180년 된 구옥에서 밀랍초를 만든다. 자급자족의 삶을 지향하고, 환경에 피해를 주지 않는다는 철칙을 지키며 살아간다. 쓸모를 다한 밀랍이 '빛, 길, 별, 시간, 나무'라는 이름의 초로 재탄생하는 과정에 최선을 다한다. 그 오랜 과정을 지켜보는 시간은 그들이 제주의 삶을 꾸려가는 데 가장 큰 원동력이 된다.

오롯이 타고 사라지는,

아름다운 빛

랄라밀랍초

랄라밀랍초

룰루, 랄라

"양봉장에서 쓸모를 다해 버려지는 밀랍을 사용하는 일은 양봉장에도 도움이 되고 나아가 꿀벌 생태계에도 도움이 돼요. 우리가 만들어 내는 빛을 통해 자연과 인간, 개인과 이웃이 함께 공존하며 살아가는 삶을 이야기하고 싶었어요."

밀랍초를 만드는 일에 대해 알려주세요.

밀랍초는 양봉장에서 꿀을 채취한 후 쓸모를 다한 천연밀랍으로 만들어요. 설탕물을 먹인 꿀이 아닌 자연 그대로 꽃꿀을 먹고 만들어진 밀랍을 사용해요. 저희는 제주 자연에서 얻은 영감을 바탕으로 이 밀랍을 디자인해 밀랍초를 만들고 있어요. 모든 과정은 핸드메이드로 이루어집니다. 밀랍을 녹여 안에 있는 불순물을 여러 차례 걸러낸 후 깨끗하게 정제된 밀랍으로 초를 만들어요. 하지만 면심지에 밀랍을 붓는다고 초가 되지는 않아요. 면심지에도 별도의 작업을 해야 해요. 밀랍을 잘 빨아들일 수 있게 작업한 후에 초를 완성할 수 있어요. 일반적으로 알려진 파라핀초나 소이왁스초보다 밀랍초의 심지 만들기가 더 어려워요.

저희도 처음에는 이렇게 어려운지 모르고 시작했어요. 소이왁스초를 만들어본 적이 있어서 이 일을 쉽게 생각했는데, 밀랍초가 너무 안 타서 1년 동안 개발하는 시간을 가졌어요. 국내에서 밀랍초를 만드는 분들은 많지만 밀랍초를 전문으로 하는 분들은 잘 없어요. 그리고 해외에도 밀랍초 관련 자료를 찾기 어려웠죠. 그래서 100킬로그램이 넘는 밀랍으로 만들고 실패하기를 반복하며 연습했어요.

긴 시간 노력해오셨군요.
두 분이 함께 밀랍초를 만들게 된 계기가 궁금한데요.

저는 도시에서 기획과 마케팅 일을 주로 했기 때문에 새로운 서비스나 장소를 최대한 빨리 알아야 했고, 새로운 사람들도 많이 만나야 했어요. 사람들은 그런 나를 '인싸'라고 얘기했지만, 저는 늘 그 안에서 겉도는 느낌을 받았어요. 어떤 자리에서도 진심으로 대화하지 못했고, 그 시간을 집중해 즐기지 못했어요. 사회가 기대하는 모습으로 하루를 살아낼 뿐이었죠. 그것을 자각한 후에 내 삶을 살아내는 방법이 무엇일까 매일 고민했어요.

그러면서 여행을 시작했어요. 작은 시골마을을 다녔고, 그때의 여행을 통해 내 손으로 시작해 내 손으로 끝내는 핸드메이드 라이프를 살기로 결심했어요. 어떤 조직에서 일할 때 우리는 아주 작은 부분일 뿐이잖아요. 공들였던 프로젝트도 회사의 결정으로 한순간에 엎어지거나 방향이 틀어지기도 하죠. 그럴 때마다 진심이었던 제 마음과 삶은 타인의 결정들로 휘

청거렸어요. 하지만 핸드메이드 라이프를 살면 더는 휘둘리지 않을 수 있어요. 내 손으로 내 일의 모든 과정을 직접 한다면 그 결과를 받아들이고 책임질 수 있고, 내 삶을 직접 디자인할 수 있을 것 같았어요.

밀랍초 만드는 일은

핸드메이드 라이프의 결정체로군요?

제주에서 환경에 피해 주지 않으면서 핸드메이드로 할 수 있
는 일이 무엇일까 고민했어요. 그러던 중 룰루와 저 사이에
늘 켜져 있던 초가 눈에 들어왔어요. 룰루가 언젠가 다도 자
리에서 선생님이 밀랍초를 태웠던 이야기를 들려줬어요. 그
는 초가 연소되어 사라지는 모습에서 온전해지는 느낌을 받
았다고 이야기해주었어요. 우리는 함께 밀랍초를 통해 아름

다운 빛을 만들어보기로 마음먹었어요. 양봉장에서 쓸모를 다해 버려지는 밀랍을 사용하는 일은 양봉장에도 도움이 되고 나아가 꿀벌 생태계에도 도움이 돼요. 우리가 만들어내는 빛을 통해 자연과 인간, 개인과 이웃이 함께 공존하며 살아가는 삶을 이야기하고 싶었어요.

랄라밀랍초는 서로의 닉네임에서 비롯된 브랜드네임이네요?

우리는 제주에서 만났어요. 저는 핸드메이드 라이프를 살기 위해 회사를 퇴사하고 제주로 내려왔고, 제주를 시계 방향으로 이동하며 나와 맞는 동네가 어디인지 찾아다녔어요. 3-4일을 주기로 숙소를 이동하며 지내다 일곱 번째 숙소가 마음에 들어 그곳에 오래 머물게 되었어요. 그리고 그곳에 비어있던 한 공간을 정리해서 팝업 바를 열었어요. 최대한 많은 사람을 만나 이야기를 듣고 싶었거든요.

룰루는 부산에서 활동하던 예술가였는데, 룰루도 그때쯤 제주로 내려와 석 달째 바닷가에서 텐트를 치고 생활하던 차였어요. 태풍 소식에 룰루가 텐트를 걷고 친구가 사는 동네이자 제가 머무는 곳으로 오게 되었어요. 그게 우리의 첫 만남이에요. 그는 웃통을 벗고 천을 치마처럼 걸치고 한 손에 막걸리 잔을 들고서 친구들과 춤을 추고 있었어요. 그 모습이 재밌어서 같이 사진을 찍자고 말을 걸었고 그는 흔쾌히 응해줬어요. 그 사진이 만남의 계기가 되었어요. 제가 운영했던 팝업 바의

룰이 '닉네임 사용하기'였는데, 그때 그가 즉흥적으로 지은 이름이 '룰루'였어요. 왜 룰루냐고 물으니, 그는 "랄라를 찾아서 룰루랄라 즐겁게 살고 싶어서요."라고 대답했어요. 그때의 대화가 계기가 되어 제 닉네임을 랄라로 정했고 저희가 만드는 밀랍초 이름도 '랄라밀랍초'라고 지었어요.

두 분의 작업실에 밀랍초를
경험하고 싶은 분들을 위한 공간이 있나요?

저희 작업실에 밀랍초로 '초멍'을 하는 공간이 있어요. 사람들이 많이 사용하는 파라핀초는 석유 부산물로 만들어지기 때문에 초를 태우면 발암물질이나 매연이 나와요. 그래서 실내에서 태우기에 적합한 초는 아니에요. 반면 밀랍초는 타면서 꿀이 가진 프로폴리스 성분이 나오기 때문에 호흡기 질환과 비염에 좋고, 공기 중에 바이러스나 미세먼지를 제거해줘요. 밀랍초는 실내에서 태우기에 안전하고 몸에도 좋은 초예요. 그래서 실내에서 안전하게 태울 수 있는 밀랍초로 작은 버전의 불멍을 하면 어떨까 생각했고, 한 공간을 개방해서 초멍 프로그램을 만들었어요. 이곳에 오면 초가 가장 아름답게 보이는 어두운 공간에서 초를 켜고 살아 움직이는 불을 보면서 명상할 수 있어요. 한 시간 동안 이곳을 이용하실 때 저희가 방문객의 취향이나 그날의 분위기에 맞춰서 노래를 계속 디제잉하고 계절에 맞는 음료나 디저트를 내드려요.

사실 이 공간은 저희 두 사람이 쓰려고 만들었어요. 180년 가까이 된 오래된 돌창고를 직접 고치고 꾸민 공간이에요. 환경을 해치고 싶지 않아서 최대한 자연물 그대로를 이용하거나 버려지는 물건들을 나눔 받아 꾸몄어요. 인위적인 것을 배제한 자연스러운 공간이죠. 작업실과 초명 공간 모두 밤이 되면

아주 깜깜해져요. 가끔 도시에서 오는 방문객들은 어두운 길을 걸어 들어오는 걸 무서워해서서 입구에서 전화하기도 해요. 도시의 화려한 네온사인처럼 인위적인 것을 배제하고 나면 밤이 어두운 것은 사실 자연스러운 일이에요. 이곳에서는 도시의 것을 잠시 잊고 자연의 흐름에 마음을 맡길 수 있어요. 초의 빛은 어둠 속에서 더 아름답게 빛나거든요.

밀랍초 만드는 일이 두 분에게
어떤 의미인지 궁금해요.

그것은 곧 삶이에요. 처음 룰루를 만났을 때 낮에도 밤에도 많은 이야기를 나눴어요. 꽤 오랜 시간 동안 서로 무슨 일을 했으며 이름이 무엇인지 묻지 않은 채 서로가 꿈꾸는 삶에 대해서 말했어요. 우리는 제주에 머물며 함께 갔던 바다, 오름, 새벽 숲, 함께 올려다본 제주 밤하늘의 별에서 얻은 영감을 가지고 초를 디자인하고, 각각의 주제를 담아서 '빛, 시간, 길, 나무, 별'이라고 이름 붙였어요. 환경에 해롭지 않은 삶을 살고 싶은 마음을 담아 밀랍초를 만들고, 틈틈이 함께 해변 쓰레기를 줍고, 무분별하게 파괴되는 제주 환경을 지키기 위한 캠페인에 적극적으로 참여해요. 그리고 우리를 위해 만들었던 공간을 위로와 쉼이 필요한 분들에게 초멍 공간으로 열어드리고 있어요. 랄라밀랍초의 시작부터 지금까지의 이야기 중 억지스러운 것은 하나도 없어요. 전부 저희의 삶에서 나온 자연스러운 것들이 더해져 이어져 오고 있어요. 그래서 우리가 만드는 이 밀랍초는 우리 삶을 의미한다고 말하고 싶어요.

빛, 시간, 길, 나무,
별 밀랍초는 어떤 이야기를 담고 있어요?

저희가 이름을 지어준 초들은 모두 다섯 개예요. 오브제로서도 예쁘지만, 그것이 타들어 가는 전 과정을 디자인한 것이라 직접 태워 보면 그 이름과 의미를 느끼실 수 있어요.
'길 밀랍초'는 태우면 촛농이 여러 갈래로 흘러내려요. 여러 올레길이 다 따로 시작하지만 하나로 이어진 길임을 상징하는 디자인이에요. '빛 밀랍초'는 제주 바다의 등대를 보고 디자인했어요. 이것은 위에 동그란 모양 세 개가 겹쳐진 디자인인데, 첫 번째 동그라미가 탈 때 등대처럼 밝아졌다가 녹아서 떨어지고 그다음 동그라미가 탈 때 다시 밝아졌다가 녹아서 떨어지는 형태예요. '별 밀랍초'는 깜깜한 곳에서 별이 굉장히 밝게 빛난다는 사실을 토대로 만들었어요. 빛과 어둠은 서로 다른 것처럼 보이지만 함께 존재해야지 서로의 존재가 두드러져요. 빛과 그림자도 마찬가지고요. 그래서 별 밀랍초는 빛과 그림자를 모두 볼 수 있게 디자인했어요. 이 밀랍초를 켜면 바닥에 별 그림자가 생겨요. '나무 밀랍초'는 제주도에서 제일 아름다운 도로로 선정됐던 비자림로가 사라지는 것이 안타까워서 만들었어요. 비자림로 나무를 모티브로 재작년 크리스마스 때 트리 모양으로 출시한 게 나무 밀랍초예요. '시간 밀랍초'는 섬이라는 공간에서 살아가는 우리가 느끼는 시간을 상징해요. 제주도에서 만난 많은 사람이 이전의 삶으로부터 도피하기 위해 제주에 왔다고 했어요. 저희한테도 제주도는 완전한 도피처였고요. 사람들이 자유와 새로운 삶을 꿈꾸며 제주도에 오지만, 막상 이곳에서 살아보면 제주도가 섬이라는 닫힌 공간이라고 느끼죠. 시간 밀랍초의 가운데가 모래시계 같은 모양으로 동그랗게 부풀어 있는데 이것은 섬에서 우리가 느끼는 시간을 상징해요.

초마다 이야기를 지니고 있군요. 랄라밀랍초는

제주가 담은 이야기를 빛을 통해 사람들에게 전달하는 브랜드 같아요.

핸드메이드 작업에는 작업자의 에너지가 담겨요. 그래서 몸이 고되거나 기분이 안 좋은 날, 억지로 밀랍초 작업을 하진 않아요. 단순히 초를 판다고 생각하지도 않아요. 자연 물질 그대로를 담은 초가 만들어내는 아름다운 빛을 통해 사람들에게 이야기하고 싶어요. 자연과 인간을 함께 공존해야 한다는 것을요. 작업할 때 그런 마음을 담아 만들어요.

그러기 위해 건강한 몸과 마음을 유지하려고 노력해요. 명상하고, 자연 그대로 키워 낸 농작물을 농부님들에게 직접 사서 먹고, 환경을 위한 활동에 참여해요. 틈틈이 바다 쓰레기를 줍고 무분별하게 파괴되고 있는 자연을 지키기 위한 환경

캠페인을 하고 있어요. 랄라밀랍초는 브랜드만을 위한 브랜딩을 하고 싶지 않아요. 시간이 오래 걸리더라도 저희의 삶과 이야기를 진실되게 차곡차곡 담아서 전달하는 브랜드를 만들고 싶어요.

밀랍초를 만드는 과정 자체가 명상이네요.
순수한 밀랍을 만들기까지 오랜 시간을 기다려야 하잖아요.
밀랍이 녹는 가장 적합한 온도로 중탕해서 녹이는 데 시간이 오래 걸려요. 담금초 같은 경우에는 23번 정도 담그고 걸어놓기를 반복해야 해요. 완전히 완성할 때까지 3시간 정도 걸려요. 그 3시간 동안 자리에서 한 번도 일어나지 않고 집중해야 해요. 그때 정신은 집중하지만 몸은 단순한 일을 반복하죠. 정신이 맑아지고 잡념이 사라져요. 그래서 그 과정이 명상과 비슷하다고 느껴요.

밀랍초를 작업하는 180년 된 제주 구옥은 좁은 골목길 끝에 위치해요.
어떻게 이곳을 발견하게 되었어요?
밀랍초 작업이 온도와 습도에 민감해요. 밀랍을 녹일 때 팔팔 끓이는 게 아니라 중탕을 해야 하고, 초마다 제작 온도가 다 달라요. 다른 분들은 어떻게 만드는지 모르겠지만, 저희가 만드는 방식은 초마다 제작 온도나 만드는 방식이 다른 디테일한 작업이에요. 원래 작업실은 서귀포에 있었는데 그때는 작업 중간에 우체부 아저씨나 주변 어르신들이 갑자기 찾아올 때가 많았어요. 그러면 잠깐 인사하는 사이에 애써 정확하게 맞춰놓은 온도가 떨어지게 되고, 그 온도를 다시 맞추기 위해서 1시간가량 허비해야 했어요. 그래서 사람들이 찾지 못할 장소가 필요했어요. 집으로 오는 길의 입구도 역시 180년 되었거든요. 우리가 바라던 모든 것이 갖춰진 곳이에요. 올레길을 걸어서 한참 들어오면 짠하고 집이 나타나기를 바랐어요. 오래된 구옥이어서 집 자체는 폐허에 가까워요. 천장은 찢어졌고 집에서는 곰팡이와 습기 냄새가 났어요. 이 집을 잘 가꿀 수 있을지 자신이 없었지만, 우리가 원했던 이야기(180년이라는 세월과 올레길의 끝 집이라는)를 가진 집이었고 집의 구조가 마음에 들었어요. 이곳을 쓸모 있게 만들기 위해서 3개월 동안 직접 공사하고 정리했어요.

앞으로의 계획이 궁금합니다.

저희는 장기적인 계획을 세우지 않아요. 다만 지금 당장 우리의 관심이 무엇인지 생각하고 그것을 추구하는 편이에요. 밀랍초 만드는 일을 평생 할지, 아니면 앞으로 몇 년을 하게 될지 아직은 장담할 수 없어요. 지금은 이 일을 좋아하기 때문에 계속해 나갈 예정이고요. 요즘은 옷 만드는 일에 관심이 많고, 룰루는 된장 만드는 일에 관심이 많아요. 그래서 훗날 룰루가 '룰루된장'을 만들거나, 제가 에코프린팅 옷을 만들지도 몰라요. 우리가 앞으로 어떤 것을 눈과 마음에 담고, 또 어떤 사람을 만나느냐에 따라 인생의 계획이 달라질 거예요.

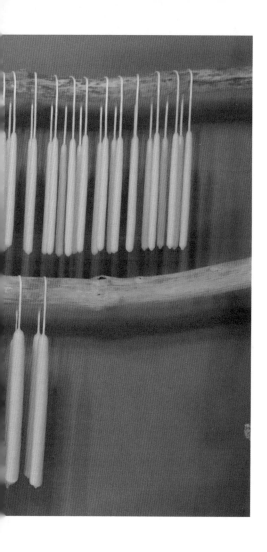

인위적인 것을 배제한 자연스러운 공간이죠. 작업실과 초명 공간 모두 밤이 되면
아주 깜깜해져요. 가끔 도시에서 오는 방문객들은 어두운 길을 걸어 들어오는 걸
무서워하셔서 입구에서 전화하기도 해요. 도시의 화려한 네온사인처럼 인위적인 것을
배제하고 나면 밤이 어두운 것은 사실 자연스러운 일이에요. 이곳에서는 도시의 것을
잠시 잊고 자연의 흐름에 마음을 맡길 수 있어요. 초의 빛은 어둠 속에서 더 아름답게
빛나거든요.

워터벨롱은 청정한 제주의 물을 뜻하는 'water', 제주어로 반짝임을 뜻하는 '벨롱'의 합성어이다. 아이들이 물속에서 별처럼 반짝이길 바라는 마음으로 심미현 대표가 직접 이름 지었다. 그는 연약한 아이들의 피부에 해가 없는 봉제 기술을 개발해 친환경 원단으로 아동 수영복을 만들고 있다. 소재부터 봉제법까지 모두 아이와 환경을 위해 개발하는 워터벨롱만의 경영 철학을 심미현 대표에게 들었다.

반짝이는 아이들의 꿈을
응원합니다

워터벨롱

워터벨롱

심미헌

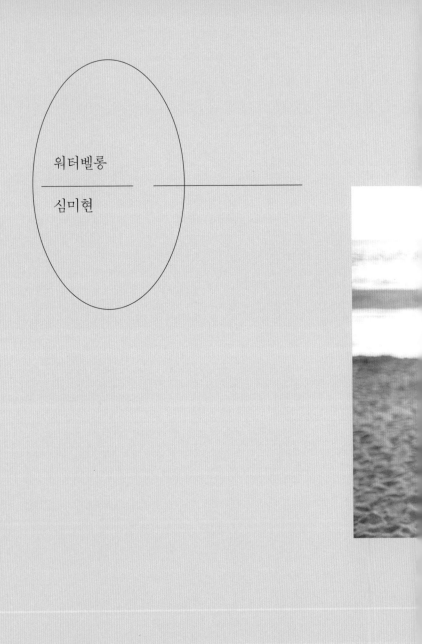

"아이들에게 빛나는 기억과 꿈을 선물하고 싶어요. '벨롱'이 제주어로 '반짝이다'라는 뜻이에요. 아이들이 물속에서 누구나 반짝였으면 좋겠다는 마음으로 만든 브랜드죠. 이 수영복을 입음으로써 내가 사는 지역의 환경에 대해서 한 번 더 생각할 수 있기를 바라요. 그래서 저희 아이뿐만 아니라 모든 아이가 그런 가치들을 생각하는 계기를 마련했으면 좋겠어요."

워터벨롱을 만드신 계기가 궁금합니다.

아들이 초등학교 1학년 때부터 수영 선수반에서 훈련을 시작했어요. 아이들은 빨리 자라기 때문에 수영복이 금방 작아져요. 성인 수영복에 비해 버려지는 아동 수영복이 많죠. 그리고 수영복은 일반 옷과 다르게 물려 입기도 좀 어렵고요. 버려지는 수영복이 아깝다는 생각이 들었어요.

피부가 연약한 아이들은 한두 시간 물에서 훈련하면 피부가 불면서 수영복 안에 있는 봉제선이나 솔기에 많이 쓸려요. 그러면 상처가 생기고, 매일 물에 들어가니까 그 상처가 쉬 아물지 않고요. 남자아이 경우에는 허리나 허벅지, 여자아이 경우에는 어깨 부분에 상처가 가장 심해요. 그런 부분을 보완한 수영복을 찾아봤는데 엄마의 마음으로 만든 수영복은 없더라고요. 그래서 내 손으로 만들어보기로 했어요.

수영복을 직접 만들기까지 기술과 노력
그리고 긴 시간이 필요했을 텐데요?

란제리 패턴 디자인을 가르쳐주는 곳이 집 가까이 있었어요. 속옷 디자인하는 분께 전화해서 수영복 디자인을 배울 수 있냐고 물었더니 속옷과 수영복이 같은 방법으로 만들어진다고 하더라고요. 처음에는 취미 삼아 가볍게 시작했어요. 그곳에서 양성 과정 프로그램을 수강했어요. 실습 과정에서 봉제선이 나오지 않게 수영복을 만들고 싶다고 했어요. 다들 고개를 갸우뚱하셨죠. 선생님조차 지금까지 그렇게 제작된 것을 본 적이 없고, 만든다고 하더라도 번거롭고 힘든 공정이 될 것이라고 하셨어요. 결론은 안 된다는 뜻이었고 그런 말을 들을수록 오기가 생겼어요. 왜 안 될까? 나는 될 것 같은데….

양복 같은 경우 안감이 덧대어져 솔기가 나온 부분이 없잖아요? 수영복도 그렇게 만들 수 있다고 생각했어요. 그때부터 봉제를 전문으로 하는 공장을 쫓아다녔어요. 수영복 봉제는 소재가 특수해서 그것만을 전문으로 하는 분들이 많지 않았어요. 얼마 안 되는 전문가들을 귀찮게 찾아다녔어요. 하지만 다들 안 되는 일이라고 하셨어요. 쓸데없는 일 한다고 혼내는 분도 있었고요. 그러다가 좋은 분을 알게 되었어요. '아이들이 봉제선 때문에 아플 수 있겠구나' 하시면서 제 이야기에 귀 기울여 주셨던 분이죠. 그분은 아이들의 아픔을 이해하고 함께 작업하자고 하셨어요. 실습하듯이 이런저런 방법들

을 동원했고, 오랜 시간 함께 작업하다가 마침내 제작까지 하게 되었어요. 기존에 없었던 것을 만드는 일에는 저의 노력뿐만 아니라 많은 분들의 도움이 있었어요. 도움이 필요한 순간 그들이 '짠'하고 나타나서 도와주셨어요. 그분들이 없었다면 이 일을 해내지 못했을 거예요.

봉제선이 노출되지 않고 솔기가 없는 것이

워터벨롱 제품만의 특징이죠?

맞아요. 워터벨롱 제품은 저희만의 기술로 아이들이 피부 쓸림이나 자극이 없도록 제작했다는 게 가장 큰 특징이에요. 이 봉제 기술은 현재 명명할 수 있는 단어가 없어요. 저희가 이 것을 'DSD(dual suture dressmaking) 공법'이라고 이름 지었고 현재 특허 진행을 하고 있어요.

소비자들의 반응은 어떤가요?

일단 저희 아이가 만족했어요. 그게 가장 큰 목표였어요. 선수부에서 같이 훈련하는 친구들도 수영복을 입어보고 편하다고 했어요. 쓸림이 없고 편안해서 물 밖에서도 아이들이 수영복을 입고 놀아요. 보통 수영복은 꽉 껴서 빨리 벗고 싶잖아요. 그런데 저희 제품은 집 안에서도 입고 놀아요. 엄마의 눈으로 봤을 때 불편해 보이는 부분들을 수정했기 때문이에요. 남자아이들은 허리끈을 잘 못 묶어요. 아이들이 수영장에

서 바지가 줄줄 내려온 상태로 입고 다니는 데다, 앉았다 일
어났다 하면 엉덩이골이 보이기도 해요. 그래서 허리라인을
조금 더 올렸어요. 아이들이 입었을 때 흘러내림이 적고 활동
하기 편안하게 디자인했죠. 여자아이 같은 경우에는 성인처

럼 불편하게 되어 있는 커팅라인을 수정했고 어깨끈 너비를 넓게 만들었어요. 목선과 등 라인도 올려서 몸을 감싸게 했고 요. 아이들이 입었을 때 살이 눌리지 않고 노출이 적어서 안심할 수 있어요. 물론 단점도 있어요. 봉제선 공법 때문에 두 겹으로 제작해야 해서 물에 젖었을 때 기존 수영복보다 무게 감이 있어요. 하지만 차차 그런 부분을 해결할 기술을 개발하려고요.

패턴 공부를 처음 시도하셨는데요.
현재 워터벨롱 디자인에도 참여하고 있으신가요?

지금은 역량 있는 팀원들이 생겨서 그들과 함께 작업하고 있지만, 처음에는 뭐든 제가 직접 해야 했어요. 디자인 전공이 아니라서 디자인 작업은 외부에 의뢰했고 그 결과물을 프린트해서 수영복에 얹어보는 과정을 직접 진행했습니다. 패턴이 봉제선에 어떻게 맞물릴지 머릿속으로는 알 수 없어요. 남편과 수작업으로 디자인이 수영복에 어떻게 표현되는지를 하나씩 만들었어요.

2023년에는 색다른 방법으로
디자인 작업을 하셨다고요?

제주도의 발달장애 아동들과 제주에서 사라져가는 꽃들을 주제로 같이 그림을 그렸어요. 그 그림들을 제품에 녹여내서 디자인했어요. 저희가 직접 한 디자인이어서 감회가 새롭습니다.

발달장애 아동과 함께하게 된 계기가 궁금해요.

2022년에 사회적기업가 육성 사업팀 과정을 수료했는데, 그곳에서 발달장애 아이들을 교육하는 프로그램을 만드는 선배를 알게 되었어요. 자연스레 발달장애 아동에게 관심이 생겼습니다.

그 아이들은 치료를 목적으로 수영을 많이 해요. 하지만 일반 아이들처럼 수영을 쉽게 접하기 어려워요. 저마다 장애 정도가 달라서 수업받는 시간이 제한적이고요. 그래서 그 아이들이 수영클래스에 편하게 참여하면 좋겠다는 생각이 들었고, 저희가 함께할 수 있는 일을 찾아보게 되었어요. 이번 디자인 콘셉트가 제주에서 사라져가는 꽃들로 그림을 그리는 건데, 발달장애 아이들의 그림을 넣어보는 건 어떨까 제안했어요. 흔쾌히 함께해주셔서 그들의 그림이 들어간 수모와 티셔츠의 수익금 일부를 발달장애 아동센터에 드리기로 했어요. 그리고 2023년 여름엔 디아넥스호텔과 프로모션을 진행해요. 발달장애 아이들만을 위한 수영클래스를 위해 휴무일마다 수영장을 대관해달라고 호텔 측에 부탁했어요. 앞으로 그런 수영클래스를 지속적으로 여는 것이 저희의 목표입니다.

제품의 소재도 친환경으로 만들었다고요?

봉제선을 드러내지 않는 작업만큼이나 어려운 일이었어요. 1년 동안 수영복을 친환경 원단으로 만드는 방법을 알아보러 다녔습니다. 공장 관계자들은 최소 발주수량을 채워야 친환경 원단으로 제작할 수 있다고 하셨어요. 저희가 제작하는 수영복의 양이 그 수량에 훨씬 못 미치거든요. 사람들이 했던 질문을 되새겨보았어요. '왜 굳이 친환경 원단을 쓰려고 하나?' '친환경 수영복은 만들기 어렵고 비싼데 왜 고집하나?' '봉제 방법을 다르게 하는 것만으로도 다른 제품과 구별되지 않나?'

하지만 아무리 되짚어보아도 포기할 수 없었어요. 어떻게든 방법을 찾고 싶었어요. 잠시 길을 돌아간다 생각하며 쉬고 있을 때, 또 한 번의 귀인이 나타나 도움을 주었어요. 친환경 원사를 짤 수 있는 분이었는데, 적은 수량을 만드는 방법을 간구해보자고 하셨죠. 그는 원단을 새로 짜지 않고 친환경 자투리 원단을 사용해보겠냐고 제안했어요. 다행히 2023년부터는 저희가 주문을 많이 할 수 있어서 원단을 제공한 분들께 보답할 수 있었어요.

남들이 안 된다고 하더라도 좌절하지 않고
계속 방법을 찾아가는 모습이 인상 깊습니다.

매일 감사해요. 지금 하는 일은 혼자 힘으로 할 수 있는 일이 아니에요. 제 마음에 공감하고 함께하는 손길들 하나하나가 쌓여서 지금 이 제품들이 만들어졌어요. 원사의 경우에는 미국 원사보다 가격이 더 비싸지만 선택했어요. 대신 제주도에 있는 플라스틱을 재활용해서 제작하는 회사와 협업해달라고 원단 사장님께 말씀드렸어요. 원단 사장님이 그 제품을 사고, 저희가 원하는 두께와 소재감에 맞게 다시 원단을 짜서 저희한테 제공해요.

로컬브랜드로서 제주의 인프라를 이용하는 모습이 보기 좋습니다. 대표님의 진심이 통했던 걸까요? 시간이 걸렸지만, 필요한 순간마다 도움 줄 분들이 나타나셨네요. 그 비결은 무엇일까요?

봉제 방법과 친환경 원단 찾는 일이 잘 진행되지 않아서 1년 가까이 손 놓고 지낸 적이 있어요. 제주에서 오름 다니고 다이빙하면서 보냈어요. 그러던 중 지인이 '사회적기업가 육성사업'에 지원해보라고 권유했어요. 저는 사업이 뭔지 모르던 사람이었어요. 지원서를 쓰는 게 너무 어려웠죠. 계속 센터에 전화해서 모르는 것을 물어보았습니다. 센터 팀장님은 직접 와서 작성하라고 하셨어요. 그길로 지원서 들고 대정읍에서 제주시까지 출퇴근해서 빨간펜 지도를 받았어요. 지원서 빈칸마다 어떤 내용을 써야 하는지 묻고 또 물었습니다. 그렇게 해서 합격했어요. 빨간펜 지도를 해주셨던 팀장님을 센터에서 담당 멘토로 다시 만났습니다. 서로 마주 보고 한참을 웃었어요. 지원서를 어떻게 쓰는지 몰라도 직접 찾아오는 사람은 잘 없다고 하셨어요. 저는 정말 단순하게 생각했어요. 모르니까 질문한다! 도움이 필요한 순간마다 도움 줄 사람이 나타났던 건 바로 그 때문이에요. 계속해서 질문했고 답을 찾을 때까지 사람들을 찾아다녔어요.

게다가 사회적기업가 육성 사업에서
우수 사례 팀으로 선정되었다고요?

2022년 12월에 과정이 모두 끝나고 수료했어요. 2023년에 13기를 뽑았는데 OT 행사 때 작년 우수 팀 선배로서 발표를 해줬으면 좋겠다고 센터에서 연락이 왔어요. 아무것도 모르고 빨간펜 지도를 받았던 때가 엊그제 같은데 제가 이렇게 우수 사례로 발표하게 돼서 영광이다, 라고 하면서 발표했어요. 뿌듯했죠.

이제 첫발을 내디딘 브랜드이지만, 4년여 전부터 준비한 걸로 알고 있습니다. 긴 시간 준비한 만큼 앞으로의 계획도 궁금한데요.

아이들 누구나 수영수업을 쉽게 접할 수 있으면 좋겠어요. 저희 아이는 수영을 매일 하지만, 누군가에게는 당연하지 않은 일이 될 수도 있어요. 여러 가지 여건 때문에 수영하기 힘든 친구들이 많습니다. 그런 친구들에게 수영할 기회를 제공해주는 역할을 하고 싶어요. 2022년 겨울 크리스마스 즈음 취약계층 친구들한테 수영복과 수모를 기증했는데요. 장기적인 목표는 그런 활동을 꾸준히 해서 아이들 누구나 수영할 수 있는 문화를 만드는 것입니다. 또, 저희 브랜드 이름으로 수영 시합을 개최해서 더 많은 사람과 소통하고 싶습니다.

워터벨롱이 추구하는 가치관은 무엇인가요?

아이들에게 빛나는 기억과 꿈을 선물하고 싶어요. '벨롱'이 제주어로 '반짝이다'라는 뜻이에요. 아이들이 물속에서 누구나 반짝였으면 좋겠다는 마음으로 만든 브랜드죠. 이 수영복을 입음으로써 내가 사는 지역의 환경에 대해서 한 번 더 생각할 수 있기를 바라요. 그래서 저희 아이뿐만 아니라 모든 아이가 그런 가치들을 생각하는 계기를 마련했으면 좋겠어요.

일단 저희 아이가 만족했어요. 그게 가장 큰 목표였어요. 선수부에서 같이 훈련하는 친구들도 수영복을 입어보고 편하다고 했어요. 쓸림이 없고 편안해서 물 밖에서도 아이들이 수영복을 입고 놀아요. 보통 수영복은 꽉 껴서 빨리 벗고 싶잖아요. 그런데 저희 제품은 집 안에서도 입고 놀아요. 엄마의 눈으로 봤을 때 불편해 보이는 부분들을 수정했기 때문이에요.

○

오랜 시간 커피와 와인과 관련된 일을 해온 김소학 대표가 두 가지 모두를 맛볼 수 있는 공간 목리를 오픈했다. 목수가 자재를 고를 때 눈여겨보는 나뭇결을 '목리木理'라고 한다. 그는 사람의 온기와 손길이 계속 지나간 나무에서 느낄 수 있는 짙고 은은한 나뭇결과 같은 공간이 되길 바라는 마음으로 이름을 지었다. 그는 커피와 와인이 서로 닮아 있다고 생각한다. 로스터리와 와이너리의 철학과 실력에 따라 원두콩과 포도는 완전히 다른 맛으로 숙성되고, 시간이 지나면서 그 맛의 깊이가 더해진다. 그리고 커피와 와인은 사람을 가깝게 이어주고 추억을 만들어주는 힘을 지녔다. 목리에서는 커피와 와인을 통해 어떠한 이야기가 쌓여가는지 김소학 대표에게 직접 들어보았다.

우리에게 필요한
이야기가 있는 공간

목
리

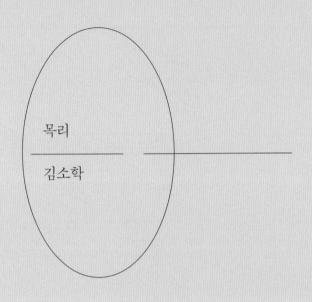

목리

김소학

"오래된 관계는 그 나름의 이야기 속에서 빛과 무게를 지닙니다. 긴 시간 매만진 나뭇결에서 느껴지는 윤기와 감촉에서 느껴지듯, 사람 사이도 그러하다고 생각해요. 오래 보고, 오래 머물고, 오래 함께한 사이가 서로의 나이테를 새길 수 있기 때문이죠. 그런 의미에서 목리라는 공간이 많은 사람의 나이테 속 자리로서 기억되길 바랍니다."

목리를 어떻게

시작하게 되었는지 궁금합니다.

커피를 배우기 시작했을 때부터 언젠가 저만의 공간을 꾸려가고 싶다는 생각을 막연하게 품고 있었습니다. 하지만 창업은 현실적인 문제였고, 실력이나 창업 자금이 부족했습니다. 오랜 시간 커피와 와인 관련된 업종에서 일했고, 꾸준히 공부하면서 이것저것 알아가기 시작했지만, 창업과는 더욱 거리가 멀어졌죠. 목리 시작의 결정적인 계기는 결혼이었습니다. 아내를 만나 결혼을 생각하면서 인생의 가장 큰 협력자이자 사업의 동업자를 만난 것 같았고 큰 힘을 얻었습니다. 구체적으로 결혼을 준비하면서 자금을 모아 창업을 준비할 여력 또한 생겼습니다. 아름다운 풍광이 펼쳐진 크고 멋진 가게를 꾸릴 수 있다면야 좋겠지만, 저희 부부가 준비할 수 있는 모든힘을 다해 현실적인 조건들을 맞춰나갔습니다. 지은 지 35년이 넘은 오래된 주택은 번잡한 주택과 상가 거리에 자리하고 있지만, 이곳에서 신혼집과 가게를 만들기로 했습니다. 처음에는 과연 커피와 와인 가게가 이 자리에 어울릴까, 유지할 수 있을까 고민이 컸지만, 당시엔 선택의 여지가 없었어요. 옆에서 같이 고민하고 힘을 실어주는 아내와 함께 목리라는 공간을 함께 고민하고 그려나가며 완성해 나갔습니다.

이곳에 목리가 자리 잡은 것은

오히려 현실적인 이유가 컸네요?

제주스러운 바다가 있거나 중산간 지대에 만들고 싶은 마음이 컸어요. 여기 노형동은 보는 것처럼 번잡한 곳이거든요. 이곳에 이렇게 있으면 시간이 지나가는 것을 사람의 움직임으로 볼 수 있습니다. 아침에는 출근하는 분들을 볼 수 있고 저녁에는 퇴근하는 분들을 볼 수 있고요. 오후 시간에는 여러 가지 이유로 왔다갔다 하는 분들이 많습니다. 그런 모습을 통해 시간을 들여다보는 것이 좋았고, 이런 번잡한 곳에 아지트 같은 공간을 만드는 게 의미 있다고 생각했어요.

'목리'는 어떤 의미이고

왜 그 이름을 택하셨는지 궁금합니다.

가장 익숙하고 편안한 기억 속에 늘 나무가 가까이 있어요. 제가 자란 집은 옛날 집으로 천장과 거실 벽과 바닥이 모두 나무였어요. 나뭇결이 선명하고 은은한 윤이 났습니다. 때때로 형제들과 장난을 치다가 긁힌 자국이 깊게 패이곤 해서 혼이 나기도 했고요. 또한, 커다란 나무 화분들도 집 안에 있었습니다. 어머니는 당시 꽤 많은 돈을 들여 의자와 테이블, 책상, 서랍장 등 집안의 모든 가구를 천천히 하나씩 원목 가구들로 바꾸셨는데요. 그때마다 "좋은 나무 가구는 오래된 친구와 같다"라고 말씀하셨고, 나무는 사람의 손이 닿을수록 윤이 나고 부드러워진다고 하셨죠. 그래서 늘 정성껏 살피고 관리하셨어요.

그런 집에서 자라와서인지, 나무로 만든 건축물이나 나무 가구를 만날 때마다 사람과 가까이 지내며 오랜 친구가 된 나무들을 보면, 그 결과 윤기를 잘 알아볼 수 있었어요. 뿌리를 지닌 나무로서의 생기는 없지만, 사람의 온기와 손길이 계속 지나간 나무는 그 나뭇결이 짙어지고 은은한 빛과 부드러움을 지니게 되죠. 관계의 시간과 변화들이 사람과 사람 사이, 사람과 공간 사이에도 존재한다고 생각했어요. 이를 나타낼 표현을 찾고 있었는데, 가구를 만드는 목수에게서 자재를 고를 때 나뭇결을 '목리木理'라고도 한다는 사실을 알게 되었어요. 한자로 뜻이 '나무에 새겨진 이치'라고 느껴져서 이 이름을 주저 없이 선택하게 되었어요. 오래된 관계는 그 나름의 이야기 속에서 빛과 무게를 지닙니다. 긴 시간 매만진 나뭇결에서 느껴지는 윤기와 감촉에서 느껴지듯, 사람 사이도 그러하다고 생각해요. 오래 보고, 오래 머물고, 오래 함께한 사이가 서로의 나이테를 새길 수 있기 때문이죠. 그런 의미에서 목리라는 공간이 많은 사람의 나이테 속 자리로서 기억되길 바랍니다.

목리의 콘텐츠는 커피와 와인입니다.
이 두 가지를 선택하신 이유는 무엇인가요?

커피를 배우고 관련된 일을 하면서 우연히 와인에 대해서 공부할 기회가 주어졌어요. 사촌 형이 오래전부터 와인에 미쳤다 싶을 만큼 빠져든 분인데, 돈과 시간이 생길 때마다 유럽과 호주의 와이너리에 직접 찾아다니며 좋은 와인을 맛보고 사 오곤 했어요. 나중에는 생업을 접고 와인 수입과 관련한 일을 시작했는데, 그때 사촌 형 일을 도우며 와인을 공부했어요. 포도의 생장과 떼루아*의 관계, 와인을 빚는 와이너리의 철학, 와인이 숙성되는 시간 등 와인 한 병 한 병이 자연과 사람이 빚어내는 훌륭한 변주곡 같다고 느꼈어요. 와인을 공부할수록 커피와 닮은 점이 많다고도 느꼈고요.

때마침 스페셜티 원두가 주목받던 시기와 맞물렸는데, 원두의 원산지와 농장, 원두 종류, 가공방식과 로스팅 기법에 따라 커피의 향과 맛이 확연히 다르다는 것도 알게 되었어요. 지금은 커피와 와인을 함께 만날 수 있는 공간이 많아졌지만, 처음에 커피와 와인을 메뉴로 삼겠다고 했을 때는 가게의 정체성이 무엇이냐는 질문을 가장 많이 받았는데요. 그 부분에서 많이 망설여졌죠. 하지만 앞서 '목리'라는 이름을 정할 때 이야기했듯이, 내 마음을 사로잡는 것이 '시간 속 관계의 변화가 주는 매력과 힘'입니다. 커피 한 잔, 와인 한 잔에 담긴 맛과 멋이 오래 음미할 수 있는 이야기라는 사실에서 사람을 이어주고 추억을 만들어 줄 수 있다고 확신했습니다. 그래서 사람들이 머물다 가는 자리로서 목리와 잘 어울리는 메뉴라고 여겨서 커피와 와인을 콘텐츠로 정하게 되었습니다.

시작점으로 돌아가서

커피를 하게 된 이유도 궁금하네요.

국문과를 졸업하고 연계 전공으로 사회복지를 공부했어요. 사회복지사가 되고 싶었는데 몸이 크게 아픈 적이 있었어요. 1년 정도 병상에서 지내고 나니 하고 싶은 게 없어졌어요. 그래서 그냥 카페에 앉아서 조용하게 사색을 즐겼죠. 그때 커피가 주는 여러 가지 의미를 알게 되었고 커피를 마시는 일에서 벗어나 저도 내리고 사람을 만나는 일을 하고 싶다는 생각을 했어요. 그때부터 커피를 시작하게 되었어요. 또 아르바이트를 틈틈이 많이 했는데 커피와 관련된 일이어서 어색하지 않게 커피 일을 할 수 있었죠.

✽　떼루아: 포도주가 만들어지는 자연환경 및 포도주의 독특한 향미를 뜻하며, 포도가 자라는 데 영향을 주는 지리, 기후, 재배법 등의 상호 작용을 한데 아우르는 말.

곳곳에 시집이 많은데

혹시 글 쓰는 일에도 흥미가 있으신가요?

글 쓰는 일은 즐기지 않았는데 책 읽는 것은 좋아했어요. 제가 다루는 커피나 와인을 설명할 때 자연스럽게 어떤 영화 속 장면이나 제가 읽은 책 속의 구절에 빗대어서 이야기하고 있더라고요. 그게 저의 강점이 되기도 했고요. 그래서 지금은 시집이나 책들을 생활에 잘 곁들여서 녹이려고 해요.

인테리어에서

특별한 의미를 둔 부분이 있다면요?

많이 고민하고 가장 신경 쓴 부분은 바로 긴 테이블 바입니다. 개인적인 경험에서 비롯한 건데요. 어렸을 때 가로가 매우 긴 독특한 디자인의 원목 책상을 썼어요. 무언가를 고민하며 글을 쓸 때면 여러 책과 종이들 그리고 노트북을 함께 늘여놓고 작업을 했어요. 이따금 밖에 나갔다가 다시 방으로 들어올 때면 책상에 펼쳐진 그간의 고민과 여러 구상을 한눈에 볼 수 있었죠. 넓게 펼쳐진 페이지와 그림들 속에서 보지 못했던 무언가를 발견하기도 했어요. 그때 저는 공간과 가구의 형태가 생각의 모양을 만들 수 있다고 깨달았어요.

인테리어를 구상할 때 사람의 생각과 관계를 빚어내는 형태가 무엇일지 고민했죠. 가장 중요하게는 여러 작업을 한 번에 펼칠 수 있는 동시에, 단절되지 않으나 서로를 연결할 수 있

는 적당한 거리가 있는 테이블을 떠올렸어요. 길고 넓은 테이블이되 의자는 수직적인 느낌을 강조해서 각자의 공간과 거리를 구분하고자 했습니다. 그 모양이 숲속 나무들이 서로 간격을 유지하며 자라는 풍경과 비슷하길 바랐고요. 그 안에서 커피를 내리고 와인을 따르는 저와 손님 사이의 거리, 일행 사이의 거리 그리고 다른 손님들 간의 거리가 적당히 좋은 간격을 유지할 수 있도록 동선 또한 고민해서 정했어요. 이 테이블 앞에 앉아 있으면 창밖으로 지나가는 사람들과 노형 거리를 바라볼 수 있고, 직원들에게 커피와 와인에 대해 묻고 이야기 나눌 수 있으며, 어느 때는 혼자 조용한 시간을 보낼 수도 있어요. 이렇게 여러 가지 추억이 펼쳐지고 새겨지는 테이블을 꿈꾸고 있습니다.

목리에서는 시음회나 다른 가게와 교류하는 등
다양한 활동을 하고 있어요.

목리가 여러 분야의 사람들을 서로 연결하며 소통하는 공간이 되길 바랐습니다. 그래서 그동안 여러 활동을 기획했는데, 가장 기억에 남는 것은 작년 초여름에 진행했던 '동행의 하루'입니다. 작년 6월 한 달 동안 전이랑 작가님의 프랑스 파리 사진전과 사진엽서 판매를 진행했고, 하루를 정해 〈공생〉과 〈스테이굿무드〉 카페의 대표님과 협업을 했습니다. 그날 하루는 두 대표님이 준비해주신 원두와 수제 치즈케이크를 판매했는데, 전이랑 작가님의 사진엽서 판매와 함께 그날의 수익금 모두 굿네이버스에 기부했어요. 좋은 취지 덕분인지 많은 분이 방문해주셨죠. 정신없이 바빴지만 이날 행사를 함께 기획한 공생과 스테이굿무드 대표님이 도와주셔서 무사히 마감할 수 있었어요. 이날의 분위기와 목리에 모였던 사람들의 표정이 아직도 기억납니다. 한 가지 이유로 사람들이 연대했을 때 느낄 수 있는 감정이 이런 것일까. 그런 마음을 처음 경험한 날이기도 합니다. 그날 손님들이 목리를 방문한 이유, 커피를 마시는 이유, 치즈케이크를 주문한 이유, 사진엽서를 구매한 이유 등 목리에서의 모든 일이 한 어린이를 위한 것임을 모두가 알고 있었고, 흔쾌히 자신의 경험과 선의가 이어지길 바라고 있었습니다. 이렇게 사람들이 서로 연결되었을 때, 더욱 힘 있고 따뜻해진다는 사실을 깨달은 날이었어요.

목리를 운영하시면서 기억에 남는

에피소드가 있다면요?

솔직히, 이 질문을 받았을 때 특정 에피소드가 떠오를 만큼 드라마틱한 사연이 있으면 좋겠다 싶었습니다. 하지만 목리의 일상은 조용하고 평범한 하루들이 이어지고 있고, 소소한 이야기들로 채워져요. 막상 이야기하자면 별다른 사건도 아닌데, 하루를 부산하게 만들기도 하고 마음을 소란하게 하기도 해요. 하지만 여느 일이 없는 보통 날이 가장 소중하다는

것을 잘 알고 있어요. 그래서 가끔 한 번씩 '고맙다'라는 인사
가 적힌 냅킨 한 장이, '다시 들렀다'는 안부 인사와 작은 선물
이 크게 느껴져요. 평범한 하루에 어쩌다 반가운 이런 소소한
일들이 가장 기억에 남습니다.

그래서 저는 목리 방명록 속 이야기들을 가장 소중하게 간직
하고 있어요. 때때로 펼쳐보곤 하는데 방명록의 메모와 그림
을 보면 그때마다 찾아오신 손님들이 생각납니다. 퇴사 후 한
달 제주살이를 마치며 다시 시작될 나날들에 용기와 다짐을
품는 이야기도 있고, 목리에서 시킨 커피는 네 잔인데 물컵까

지 여덟 잔을 받았다며 옹기종기 잔들을 그려 넣으며 꼭 고무장갑을 끼라는 메모도 있습니다. 함께 온 남편에게 소곤소곤 말을 거는 듯한 귀여운 당부도 있고, 여행을 마치며 제주와 목리에서의 추억을 그려 넣은 기록도 있고요. 이렇게 평범한 하루 속에서 만든 반짝이는 추억들이 한 권 두 권 쌓여가길 바라고 있습니다.

목리는 저녁에 와인을 마시는 손님이 많을 텐데요.
기억나는 밤도 에피소드처럼 보통의 소중한 나날이겠네요?

어떤 특별한 일이 있어서 기억나는 게 아니라 이 긴 테이블에 앉아주는 순간이 차곡차곡 쌓여서 평범하지만 특별한 밤이 만들어지는 것 같습니다. 손님들은 혼자서, 또는 단체로 혹은 기념일로 오기도 하십니다. 그런데 짧은 순간에 본인만의 시간을 보내는 분들이 있더라고요. 가만히 일행과 있을 때 혼자 음악을 듣는 분도 있고 혼자 사색에 잠기는 분도 있고요. 곁에서 그런 것이 느껴질 때 저는 목리의 밤이 기억에 남는 순간이 된다고 생각합니다.

목리는 손님에게
어떤 경험을 제공하고 싶으신가요?

늘 좋은 원두를 찾고 있고 자신만의 고집과 철학을 지닌 로스터리들을 소개하고 있습니다. 개성 있는 블렌딩 원두와 로스터리의 자신감으로 표현된 싱글 원두를 만날 수 있는 자리를 꾸려가고 있어요. 더불어 작지만 실력 있고 전통을 지켜가는 와이너리를 찾아 그곳의 와인을 맛볼 수 있도록 노력하고 있고요. 그날의 날씨, 찾아온 계절에 맞도록 커피와 와인 메뉴를 바꾸고 있죠. 또한, 여기에 어울리는 디저트와 사이드메뉴 역시 늘 고민하고 개발하고 있습니다. 목리의 하루는 평범하지만, 경험은 특별하기를 바랍니다. 커피 한 잔에서, 와인 한 병에서 이제껏 맛보지 못했던 새로운 무언가를 발견하기도 하고 알아가기도 하는 일들이 이어졌으면 해요.

앞으로 꾸준히 커피나 와인 시음회, 강연 그리고 그림이나 사진 전시회 등도 기획하려고 합니다. 목리가 위치한 자리는 주택가와 상가 한가운데, 다소 번잡한 사거리 중심인데요. 바쁘게 스치고 지나가는 흔한 거리에서 우연히 목리의 문을 열고 들어온 순간, 잠시 일상에서 거리를 두고 쉬면서 보이지 않던 것들을 보게 되고, 생각하지 못했던 바를 떠올리게 되는 경험을 할 수 있도록 늘 고민하고 있어요.

운영하면서 이것만은 꼭 지키고 싶다 하는
목리의 철칙이 있으신가요?

제가 가장 좋아하고 마음에 새기는 문구가 있습니다. 영화 〈역린〉의 대사에 인용되기도 했던 중용 23장의 글입니다. 작은 일에도 최선을 다하고 정성스러워야 하는 이유에 대해 말하

고 있는데요. 작은 일에도 정성스럽게 되면 겉으로 배어 나오고, 겉으로 드러나면 이내 밝아져 타인에게 감동을 주고 변화하게 하므로, 오직 세상에서 지극히 정성을 다하는 사람만이 나와 세상을 변하게 할 수 있다는 내용이에요. 마음가짐은 늘 태도와 연결되어 있습니다. 그래서 '태도'를 염두에 두고 살피려고 합니다. 목리에서 함께 일하는 분들께도 드러나지 않으나 느낄 수 있는 마음과 사소한 태도에 대해 당부합니다. 밀린 주문에 급해진 마음에 따른 물줄기가 원두의 향을 휘발시킬 수 있고, 답답한 상황에 성급하게 와인병을 치워버릴 수

도 있습니다. 대부분의 일이 그럴 수밖에 없기 때문에 벌어지기도 하지만, 그럼에도 불구하고 순간에 집중하고 정성을 기울일 때 전달되는 진심이 존재합니다. 저는 그 진심이 목리를 찾아온 손님과 그분의 시간을 존중하는 데 있길 바라며 늘 정성을 기울이는 태도를 지켜가는 것을 목리의 철칙으로 삼고 싶습니다.

목리가 추구하는 가치 단어가 궁금해요.

대답하기 망설여집니다만, '진심'이라는 단어입니다. 망설인 이유는 하나입니다. 진심을 중요하게 여기는 것이 진부하고 순진하게 느껴지는 날들이 더 많기 때문이에요. 하지만 이 질문을 받았을 때 가장 먼저 떠오른 단어이기도 합니다. 진심이라고 했을 때 저는 두 가지 의미를 생각해요. '참된 마음'의 진심眞心과 '온 마음을 다해 기울이다'의 진심盡心입니다. 앞서 마음가짐과 태도가 연결되어 있기 때문에 정성을 기울여야 사람을 변화시킬 수 있다고 말한 데에는 결국, 이 두 가지 의미를 하나로 여기고 있어서입니다. 거짓 없는 마음으로 온 정성을 기울이는 태도가 중요하다고 생각해요. 진심이라는 것이 과연 중요한 것일까? 진심이 전달되는 것이 맞나? 진심을 믿는 것은 순진한 것이 아닐까? 동시에 이런 고민을 하게 되는 것도 사실이에요. 어느 때는 진심은 통하게 마련인 듯싶다가도 사람 사이 진심은 혼자만의 착각일 수도 있다는 생각이 늘 교차합니다. 하지만 진심이라는 단어를 가치로 삼게 되는 이유는, 실은 그것이 누군가를 위해 존재하는 마음도 아니고 알아주길 원하는 마음도 아니기 때문입니다. 진심은 제 삶의 모든 순간들 – 그 안의 사람들과 일들에 온전히 집중하기 위한 마음가짐 – 이라고 여깁니다. 다시 말해 제 자신과 삶을 거짓 없이 참되게, 변하지 않는 올곧은 마음으로 지켜가고 싶은 태도, 그리고 그 마음으로 사람들을 대하는 행동이 중요하다고 여겨요. 진심은 그것이 전달되어 사람과 세상을 변화시키기 위함이 아니라, 지켜야 하는 마음이자 태도로서 중요하다고 생각합니다.

진심을 담아 인터뷰해주셔서 감사드려요.
끝으로 앞으로의 계획이 궁금합니다.

아직도 어려운 것은 커피와 와인을 동시에 즐길 수 있는 공간으로서 사람들에게 목리를 인식시키는 일이에요. 낮 동안은 커피와 잔 와인을 즐기며 친구와 수다를 떨거나 혼자 시간을 보낼 수 있고, 밤이 되면 와인을 기울이며 깊은 이야기가 오가는, 밤새 시간을 보내는 그런 공간을 만들어나가고 싶어요. 커피나 와인 시음회뿐만 아니라, 영화, 역사, 예술 같은 인문학 강의를 위한 소모임이나 그림이나 사진 전시회 같은 기획도 구상하고 있어요. 그래서 목리라는 공간이 단순히 커피와 와인 가게가 아니라 다양한 경험을 할 수 있는 공간으로 거듭

나길 바랍니다. 우리에게는 늘 이야기가 필요해요. 어려운 순간, 아픈 순간, 즐거운 순간, 기쁜 순간 – 우리가 살아가는 모든 시간 – 은 기억 속에서 늘 이야기로 남기 때문이죠. 단순히 '어떤 일을 겪었다, 했다'가 아니라, '그때 나는, 그 무렵 그곳은, 그곳에서 그 사람과…' 이런 식으로 우리의 삶을 반추합니다. 그렇게 저는 많은 사람의 기억과 다양한 이야기 속에 목리가 존재하길 바랍니다.

작은 일에도 정성스럽게 되면 겉으로 배어 나오고, 겉으로 드러나면 이내 밝아져 타인에게 감동을 주고 변화하게 하므로, 오직 세상에서 지극히 정성을 다하는 사람만이 나와 세상을 변하게 할 수 있다는 내용이에요. 마음가짐은 늘 태도와 연결되어 있습니다. 그래서 '태도'를 염두에 두고 살피려고 합니다. 목리에서 함께 일하는 분들께도 드러나지 않으나 느낄 수 있는 마음과 사소한 태도에 대해 당부합니다.

PART 4

좋아하는 것이
'일'이 될 때

○

제주 원도심 골목에 있는 클래식문구사는 오래되고 사라지지 않는 문구류를 취급·판매하는 곳이다. 내성적이고 차분한 성격의 김미혜 대표는 회사생활 10년 차에 자신이 꿈꾸는 공간을 꾸려보고자 사표를 내고 제주로 향했다. 최소한의 생활을 위해 짐을 간소화했지만, 그런 딸이 걱정되어 어머니는 계절마다 택배를 보낸다. 그 안엔 그가 오랫동안 모아온 문구류도 포함되어 있었다. '아, 맞다. 내가 문구를 좋아했었지'라는 자각과 함께 그는 다시 연필을 들기 시작했다. 부드러운 종이에 연필로 글을 쓸 때마다 나는 사각사각 소리에 매혹되어 일기를 쓰고, 그걸로도 연필의 스침이 그리운 날에는 《어린 왕자》 등 좋아하는 책을 필사한다.

사각사각
연필의 세계

클래식문구사

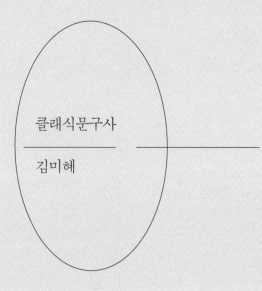

클래식문구사

김미혜

"사라져가는 문구에 대한 관심을 완전히 되살릴 수는 없겠지만, 이곳을 찾는 사람들에게 꾸준히 문구의 세계를 안내해드리고 싶어요."

클래식문구사는
어떻게 시작하게 되었어요?

문구를 좋아하지만 '좋아하니까 팔아야지, 문구사를 해야지' 라고 생각하지는 않았어요. 회사생활을 하다 보니 한동안 문구를 거의 안 썼고요. 10년째 다니던 회사를 그만두고 최소한의 것들만 가지고 제주로 왔어요. 모았던 문구를 엄마 집에다 두고 왔거든요. 그런데 가끔 엄마가 반찬을 보내주실 때, 제가 놓고 간 물건을 틈틈이 챙겨 넣으신 거예요. 상상도 못한 온갖 잡다한 것들이 랜덤으로 왔어요.

어느 날은 택배에 문구 상자가 딸려 왔어요. 거기에는 모아뒀던 한정판 노트, 스티커, 만년필, 연필 등이 있었어요. 그중에 연필이 눈에 들어왔어요. '맞다, 이 세상에 연필이라는 게 있었지?' 하면서 연필에 대한 추억과 함께 연필 소리가 듣고 싶어지더라고요. 반가운 연필로 노트에 일기를 쓰기 시작했어요. 사각거리는 느낌이 좋아서 뭐라도 더 쓰고 싶어서 책 필사도 하게 되었고요. 그렇게 연필을 다시 쓰면서, 요즘은 어떤 연필이 나오나 인터넷으로 검색도 해보고 조금씩 사서 쓰게 되었어요. 그런데 제주도에서는 원하는 문구류를 쉽게 구하기 힘들었어요. 눈으로 직접 보고 사지 못하는 게 아쉬워서 내가 문구사를 해야겠다고 마음먹게 되었죠. 나만의 공간에서 일하기를 늘 꿈꿨는데, 예전에는 꽃집이나 서점, 카페… 이런 가게를 하게 될 줄 알았어요. 그런데 그 분야에 대해서 배운 적도 없고 자신이 없어서 망설이다가 문구를 만나게 된 거예요.

클래식문구사라고 이름 짓게 된

이유가 궁금해요.

사람마다 클래식하다고 느끼는 것에 차이가 있겠지만, 저는 오랫동안 변치 않는 도구들이 클래식하다고 생각해요. 예를 들면 연필 이후에 편리한 샤프가 발명되어도 연필의 형태와 기능은 변함없잖아요. 연필 자체가 클래식한 도구라고 생각해요. 또 오래된 회사에서 꾸준히 생산되는 것을 좋아해요. 대부분 크게 바꾸지 않고 고전적인 디자인과 기능을 유지하는 물건이 많아요. 멋진 이름을 짓고 싶었는데 생각나는 단어가 없어서 가게에 클래식한 것들이 많으니까 '클래식문구사'라고 지었어요. 나중에 이름을 바꾸려고 간판도 시트지에 대

충 써서 걸어놨는데, 다들 좋아해서 그대로 하려고요.

특별히 이 장소를
선택한 이유가 있어요?

좁은 골목이나 오래된 집, 오래된 간판이 달린 오래된 건물…
여행하면서 항상 그런 것에 끌렸어요. 동경해왔던 거죠. 문구
사를 해야겠다 생각하고 공간을 찾아다닐 때 부동산 광고가
올라오면 쫓아다녔어요. 마음에 드는 데가 없었는데, 여기 운
영하던 분이 가게를 내놓는다는 소식을 우연히 보고 바로 달
려왔어요. 그런데 여기가 예전에 왔던 곳이었어요. 타투 가게
와 금속 공방이 있던 곳이었는데, 그때도 완벽한 공간이라고
생각했어요. 인상 깊고 멋진 공간이었거든요. 운명인가 싶어
서 바로 계약했어요.

내부 공간은 어떤
기준으로 단장하셨는지요?

해외 온라인 사이트에서 오래된 문방구 사진을 보면서 기억
해뒀다가 그 느낌을 살려서 빈티지 가구를 들여놨어요. 보수
할 게 많아서 이것저것 손대고 싶었는데 돈이 많이 들어서 일
단은 꼭 필요한 보수만 하고 가구를 갖다 놓은 게 내부 공간
단장의 끝이에요. 인테리어보다 낡은 공간을 보수하는 데 시
간과 돈을 들였어요. 5년 전쯤인가? 비어 있었던 이곳 임차인

이 보수하는 데 애를 많이 먹었다고 들었거든요. 그다음 분도 이곳에 들어올 때 전기공사라든지 큰 보수를 하셨고요. 다음 임차인이 저였는데, 들어올 때도 보수하지 않으면 안 될 곳이 많았어요. 천장도 지붕이 그대로 보이게 뚫려 있었고 바닥에도 나무 합판이 덧대어져 있어서 걸으면 쿵쿵 소리가 났어요. 안전한 공간으로 만들기 위해서 집수리를 택했고, 상상하던 인테리어는 꿈도 꾸지 못했죠. 집수리가 끝나고 구석구석 청소하면서 문짝도 살려내고, 벌레 먹은 나무의 구멍도 메우고 우드스테인도 발라주었어요. 옛날 제주 집의 느낌을 살린 것 같아 뿌듯해요. 아직도 내 눈에는 맘에 안 드는 부분이 많지만, 다행히도 손님들이 좋은 얘기들 해주셔서 기뻐요. 건축물대장으로 유추해보면 1950년대 지어져서 바깥쪽은 슈퍼고, 안에 있는 작은 집을 거주하는 공간으로 쓰신 것 같아요. 집인 듯 아닌 듯 분리된 내부 구조가 마음에 들어요.

연필을 포함해
어떤 내용물로 채워져 있나요?

대형 문구점에 가면 다양하고 편리한 문구가 많은데요. 처음에는 그런 곳에서 문구를 샀어요. 그러다 다양한 종류의 연필이 있다는 것을 알게 되었어요. 연필을 찾아다니면서 디자인이 예스럽고 질리지 않는 제품에 차츰 마음이 갔어요. 약간은 주관적이지만 클래식한 느낌이 나는 것들… 그런 것을 쫓다

보면 대부분 소재가 견고하고 오래된 것들을 선택하게 되더라고요. 또 수집가들에 의해서 전해진 해외 빈티지 연필들도 있는데요. 그 연필이 언제 생산되었는지, 어떤 브랜드인지, 그리고 어떤 필기감을 가졌는지 등을 조사해서 소개하고 있어요. 현재 그것들은 빈티지 수집품으로 판매하고 있고요.

그 외 문구류들은 디자인이 무난하고 오래 쓸 수 있는 재료로 만들어진 것들로 채웠어요. 그런 것들을 찾다 보면 클래식이라는 수식어를 달 만큼 명성을 가진 오래된 회사의 제품들을 선택하게 돼요. 그리고 저는 비닐과 플라스틱을 좋아하지 않아요. 상품 보호로 된 포장은 어쩔 수 없지만, 가급적이면 너 견고한 소재로 만들어져서 그거 하나로 평생 쓸 수 있는 것들로 채워나가려고 해요. 한 가지 볼펜류 빼고는 플라스틱 제품이 거의 없어요.

사람들이 꼭 접해봤으면 좋겠다 싶은
문구가 있다면 소개 부탁드려요.

저기 진열된 블랙윙BLACKWING 연필 시리즈를 소개해볼게요. 이 브랜드는 블랙윙602 한 자루 때문에 시작됐어요. 제가 다시 쓰기 시작한 첫 번째 연필이기도 한데요. 1930년대에 생산돼서 꾸준히 쓰이다가 1980년대에 단종됐어요. 그러고 나서 남은 매물을 찾아다니는 팬들이 많았다고 해요. 당시 그 연필을 다시 만들어달라는 요청이 많았는데 만들던 회사는 없어졌거든요. 현재 블랙윙을 생산하는 회사가 '팔로미노'인데, 기존 회사는 사라지고 다른 회사가 그 요청을 받아들여서 블랙윙602가 복각되었고, 회사는 거기서 멈추지 않고 디자인과 스토리를 다양하게 만들어서 블랙윙 한정판을 내놓기 시작했어요. 한 연필을 기획할 때 인물이라든지, 의미를 부여해서 만들더라고요. 예를 들어서 VOL.24 같은 경우는 '미국 작가 존 스타인벡에게 헌정한다'라는 표현을 써서 출시했어요. 이 작가가 602연필을 굉장히 좋아했어요. 연필에 집착을 많이 했던 작가인데, 이 연필을 발견하고 기뻐했다는 편지도 남아있다고 해요. VOL.24는 만약 이 작가가 블랙윙 연필 중에 완벽한 연필을 찾는다면 어떤 연필일까 상상해서 만든 연필인데요. 그는 주위를 산만하게 하지 않는 검은색 연필을 좋아했고 매일 글쓰기 전 아침에 24자루의 연필을 깎아놓았다고 해요. 그 의미를 부여해서 24번이란 번호가 매겨진 거예요.

저는 블랙윙 연필 중에서도 VOL.205 한정판을 아끼고 좋아해요. 블랙윙 연필은 번호마다 이야기가 있는데요. VOL.205는 실크로드를 따라 거래된 가장 유명한 상품 중 하나인 '옥'을 찬미한 연필이에요. 숫자 205는 옥jade의 형태를 가장 많이 띠는 경옥jadeite의 분자량을 나타낸다고 해요. 블랙윙 VOL. 205 세트에는 6개의 녹색 비취 연필과 6개의 흰색 비취 연필이 들어 있어요. 보고만 있어도 좋아요.

그리고 제가 애장하는 것들을 소개하고 싶어요. '빈티지 리틀

쉐이버 연필깎이'는 연필 모양을 보면서 깎는 거라 칼로 깎는 것과 같은 원리지만, 연필을 대패 깎듯이 깎아내는 게 특징이에요. 연필을 깎아달라고 하는 분들에게 이걸로 깎아드리기도 해요. 다음으로 정말 오랫동안 생산되고 있는 코끼리지우개와 함께, 오래된 디자인으로 소멸할 일이 없을 것 같은 황동연필깎이를 소개하고 싶어요.

점점 디지털화되면서 문구에 대한 관심이 사라졌지만, 반면에 클래식한 문구를 찾는 사람도 생기고 있어요. 그런 가운데 클래식 문구사가 추구하는 가치는 무엇일까요?

문구에 대한 관심이 사라지는 건 저도 느껴요. 저도 한동안 문구를 안 쓰기도 했었고요. 하지만 정직한 디자인의 좋은 품질의 문구들은 오랫동안 사라지지 않을 거라는 생각이 들거든요. 아무리 디지털화되어도 이곳에서 연필을 산 뒤로 연필을 쓰게 됐다, 연필이 좋아졌다고 하는 분이 많아요. 그리고 여기서 천연고무지우개를 많이 판매하는데요. 다들 써보고 놀라시거든요. 그동안 플라스틱이 첨가된 지우개가 왜 탄생한 걸까 싶을 만큼 되게 잘 지워져요. 또 천연고무라고 해서 값이 비싸지도 않거든요.

이런 식으로 제가 선택해서 골라놓은 문구들을 손님들에게 꾸준하게 공급하는 공간을 만들고 싶어요. 앞으로도 우연히 지나다 들어오신 분들이 여기서 접해보고 제품을 선택하실 수도 있잖아요. 그분들이 문구를 계속해서 쓰고 싶게 만드는 역할을 하고 싶어요. 사라져가는 문구에 대한 관심을 완전히 되살릴 수는 없겠지만, 이곳을 찾는 사람들에게 꾸준히 문구의 세계를 안내해드리고 싶어요.

보통 하루를 어떻게 보내는지 궁금해요.

집과 가게가 가까워서 오전 9-10시쯤 나와서 환기를 시켜요.

들어오면 나무 냄새랑 연필 냄새가 많이 나거든요. 초도 피우고 음악도 틀어요. 아침에는 택배가 와 있는데요. 주문한 것들의 수량을 체크하고 재고를 확인해서 부족한 것을 주문해요. 그러고 나서 제가 매장을 한 번씩 쇼핑하듯 둘러봐요. 진열에 대한 고민을 계속하거든요.

어느 정도 됐다 싶으면 커피나 차를 마시는 시간을 가져요. 12시가 되면 저기 중앙성당에서 종이 울려요. 그럼 12시가 됐구나 해서 블라인드 올리고 영업을 시작하죠. 그래서 손님이 오시면 인사하고 저는 안쪽 공간에 머물면서 손님들이 편하게 구경할 수 있게 안내해요. 그리고 손님이 없을 때는 다시 진열하고요. 그런 식으로 반복하다 보면 오후 6시에 또 종이 울리거든요. 그럼 문을 닫아요. 영업이 끝나면 정리하고 청소하고 집으로 가요.

클래식문구사는 대표님에게
어떤 의미인가요?

'마지막 직업'과 같은 의미예요. 적성을 찾은 느낌이 들어요. 제가 손님과 마주하는 걸 잘 못 해요. 내향적이고 낯을 많이 가려서 손님하고 눈도 잘 못 마주쳐요. 매일 모르는 사람들이 왔다 갔다 하지만 이곳이 좋다고 칭찬해주는 분들 덕분에 기분이 좋아요. 아직은 손님과 마주하는 게 어렵지만, 이 공간에 있을 때 편하고 좋아서 마지막 직업을 찾았다는 생각이 들어요.

기억에 남는 손님이나

에피소드가 있을 것 같아요.

오픈 첫날 오셨던 손님이에요. 준비가 덜 되어서 오픈했다고
알리지도 않았고 카드기 연결도 안 됐어요. 매장 진열도 엉망
이고 공사도 덜 됐고요. 오픈 시기가 늦어지면 안 되겠다 싶
어서 일단 문을 열었는데 동네 분들이 궁금하셨던 모양이에
요. 가게를 연다는 소문이 났는지 엄청 많이 왔다 가셨어요.

다들 문구류 보면서 좋아하며 가셨거든요. 근데 카드기가 아직 연결이 안 돼서 죄송하다고 양해 문구를 적어뒀는데, 어느 손님 한 분이 요즘 세상에 카드 안 되는 데가 어디 있냐고 혼내셨어요. 아직 준비가 덜 됐다고 사과드렸더니 나중에 카드 연결되면 사러 오겠다면서 가셨어요. 혹시 다른 분도 그러실까 봐 부랴부랴 인스타그램에 매장 상황을 올렸어요. 그랬더니 다음날 다른 한 분이 위로가 필요할 것 같다며 고구마 맛탕을 사다 주셨어요. 전날에도 오셨던 손님인데 좋게 보고 가셨다면서 다음에 또 오신다고 하셨죠. 그분이 기억에 남아요.

운영하시면서
나만의 철칙이 있으신가요?

아직은 내키는 대로 하는 편이에요. 물건을 들일 때도 괜찮다 싶으면 크게 고민하지 않고 주문해보고, 많은 것을 시도해보고 있어요. 하나 다짐하는 건 있어요. 손님이 많이 다녀가시는데 제가 손님 얼굴을 잘 기억하지 못해요. 그래서 한결같은 태도를 보여야겠다고 다짐해요. 영업하는 사람이 전에 왔던 손님을 못 알아보면 서운할 수 있잖아요. 그래서 손님 관점에서 여러 번 와봤는데 여기 사장님이 친절한 줄 알았는데 알고 보니까 아니었다고 할까 봐 항상 친절과 무뚝뚝함의 중간인 태도를 유지하죠. 늘 친절할 수 없다면 딱 그 정도의 온도를 유지하려고 노력해요.

저는 오랫동안 변치 않는 도구들이 클래식하다고 생각해요. 예를 들면 연필 이후에 편리한 샤프가 발명되어도 연필의 형태와 기능은 변함없잖아요. 연필 자체가 클래식한 도구라고 생각해요.

○

손때묻은 여행 이야기가 가득한 여행가게는 정양미 대표가 여행을 다니며 수집한 여행책과 세계 각국의 차, 인센스 그리고 찻잔 등을 판매한다. 그는 89개월 동안 일한 직장을 그만두고 동갑내기 남편과 긴 여행을 다녀왔다. 여행에서 모두가 같은 삶을 살지 않아도 된다는 것을 배웠다. 부부는 터전이었던 서울로 돌아가지 않고 제주에서 한달살이를 시작했다. 처음에는 종달리에 담배가게 같은 문간방을 임대해서 밤 9시까지 문을 열어뒀다. 여행에서 모아온 여러 잡동사니를 판매하는 문방구였다. 언제든 동네 아이들이 들러 아이스크림을 꺼내먹을 수 있게 준비했다. 시골 늦은 밤을 밝히는 불빛은 동네 여행자의 사랑방이 되었다. 갑작스러운 퇴거 통보를 받고 좌절했지만, 작은 가게에서 경험한 따뜻한 기억을 이을 다음 공간을 찾았다. 종달리 구멍가게의 시간을 그대로 품고, 2017년 7월에 태흥리에서 다시 문을 열었다.

다정한 기억이
켜켜이 쌓인 공간

여행가게

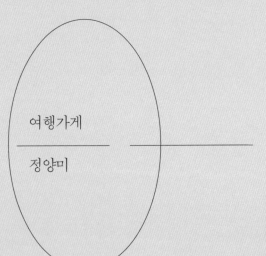

여행가게

정양미

"이전하고 걱정은 더 커졌지만, 그만두겠다는 생각은 안 했어요. 무조건 한다고 다짐했죠. 나는 기다리는 사람이 된 거니까요. 여기를 기억해주는 분이 언제 찾아올지 모르겠지만 나는 이제 열린 공간을 지키는 사람이 됐잖아요. 그러니까 그걸 중요하게 생각하고 지켜나가고 있어요."

여행가게는 어떤 공간이에요?

여행을 다니다 보면 현지인이 즐겨 마시는 차가 있더라고요. 골목마다 걸어 다니면서 항상 차를 하나씩 사 왔어요. 찻잔도 꼭 하나씩 샀고요. 기념으로 갖고 싶어서요. 지금은 가게에 비치해두니까 많이 사 오지만, 그때는 양이 많아지면 세금을 내야 하니까 정말 아껴서 딱 하나씩 샀어요. 그렇게 사 왔던 찻잔들이 이전 종달리 여행가게를 채우던 가장 큰 제품이었고요. 태흥리로 이사 오면서는 공간이 세 배나 넓어졌어요. 그래서 차, 잔, 책, 이렇게 세 가지를 우선 배치했어요.

종달리 여행가게가
지금 여행가게의 모태인 셈이네요?

종달리 여행가게는 바닥부터 천장까지 우리 손으로 만든 첫 공간이에요. 남편과 나는 직장생활만 했던 문과생이라 공사를 한다는 게 겁이 났어요. 언제 끝날지 모르는 일을 하면서 올해는 문을 열 수 있을까 하는 의문도 들었어요. 공사 시간이 6-7개월 동안 이어졌거든요. 한편으론 누구한테 결재를 받아야 하는 일이 아니니까 자유롭게 일했어요. 조직에서는 항상 시키는 일을 해야 하잖아요. 우리가 결정할 수 있는 일을 실행한다는 것에 신이 났어요. 그땐 뭘 만드는지 몰랐고 동네 사랑방 같으면 좋겠다 생각했어요. 오후 1시부터 밤 9시까지 열었어요. 조그만 냉장고에 아이스크림을 넣고 아이들이 오면 꺼내줬어요. 참새방앗간처럼 아이들이 아이스크림을 먹고 갔죠. 시골은 밤에 갈 곳이 없는데, 저녁이 되면 게스트하우스 스태프들과 여행자가 와서 뱀 나온 이야기, 지네 나오면 잡는 방법, 소문난 맛집 등 온갖 정보를 나누며 소곤댔어요. 가로등 없는 깜깜한 시골에서 불을 켜고 있다는 게 의미 있었죠. 그곳에서는 사람들과 만나서 하는 모든 것이 자연스럽고 다정했어요.

정이 든 종달리에서 지금의 장소로 이전하셨는데
달라진 부분이 있나요?

종달리 여행가게에는 남편이 만든 나무 장식장에다 찻잔들을 비치했어요. 태흥리로 이사 오면서도 그런 장식장이 필요했기 때문에, 목공작업 공간이 필요했고 마침 이곳이 비어있었어요. 이전 가게 계약이 끝날 때까지 남편이 여기서 한 달

반 동안 나무 선반을 만들었죠. 2층에 사는 주인 할머니가 두 사람한테 임대하려고 공간을 막아두셨는데 임대가 되지 않으니까 한꺼번에 저희에게 주셨죠. 공간이 이전보다 넓어져서 찻잔만으로는 채우기가 어려웠어요. 갑자기 규모가 커져서 겁도 났고요. 그때 연필이 떠올랐어요. 마지막으로 근무했던 곳에서 업무일지를 연필로 썼거든요. 사각사각거리는 소리가 좋았고요. 연필이 주는 위로가 있죠. 나라별로 저마다의

연필이 있는데 여행하면서 사 왔어요. 원래 갖고 있고 내가 좋아하는 연필들로 공간을 채웠어요. 그렇게 '여행가게' 옆 '연필가게'가 생겨난 거죠.

이곳에서 경험한 일 중 기억에 남는
순간은 무엇인가요?

여행가게를 기억하고 손편지나 선물 보내주신 분들이 기억 나요. 요즘은 코로나 때문에 신혼여행을 제주도로 오시는데요. 1주년으로 다시 오셨다는 분도 있고요. 허니문베이비가 생겨 아기를 데리고 오셔서 깜짝 놀란 적도 있어요. "결혼한 지 얼마 안 됐을 때 왔는데, 여행가게 다녀간 다음에 생긴 아이예요." 하시는 모습이 귀여웠어요. 매해 여름휴가 때, 방학 때마다 친구들과 온다던가… 그렇게 정기적으로 오는 분들이 기억에 많이 남아요. 또 학교 다닐 때 왔다가 졸업여행 때, 대학 가서, 그리고 실습 나와서 찾아오는 친구들이 있어요. 조금씩 성장해가는 과정을 지켜보게 되는데요. 그런 분들을 만나면 이곳이 유의미한 공간이라는 생각이 들어요. 그들이 보낸 시간이 여기에 같이 쌓인다는 게 좋아요. 다정한 기억이죠.

여행가게에 들어서면 시간을 초월하는 느낌이 드는데요.
음악도 한몫하는 것 같아요.

세계 음악이나 오래된 노래들을 좋아하거든요. 그래서 옛날

노래 틀어드리면 연세 있는 분들이 말씀하세요. 세상에, 2-30
년 된 음악을 어떻게 아냐고요.

홍차도 모으시네요?
이곳은 대표님이 좋아하는 것들이 모인 장소네요.

첫 번째 공간을 만들기 전부터 여행가게가 어떤 공간이기를
원하는지 고민했어요. 나만의 공간이 생기면 무엇으로 채울
까. 정답은 내가 좋아하는 것에 있었죠. 여행 다니며 하나둘
모았던 것이 나를 표현하는 물건이고 지금은 이곳을 채우는
콘텐츠가 되었고요.

구멍가게 같은 종달리 공간과 비교하면 커지고 위치도 달라졌지만,
공간의 정체성을 그대로 이어가고 있네요.

종달리 여행가게에서 처음으로 이해관계가 없는 사람을 이
유 없이 만나는 시간을 가졌어요. 어떤 프로젝트를 위해서 만
나는 모임이 아니라 그냥 밤까지 문을 여니까 사람들과 같이
차 마시고 앉아서 얘기했어요. 나중에는 여행가게를 오기 위
해서 종달리에 머무는 분들도 생겼어요. 그런 경험을 하니까
신기했죠. 퇴거 통보를 받고 '이게 뭐라고'라는 생각과 '더 유
지하고 싶다'는 생각이 같이 들었어요. 최초로 의미 부여했던
장소를 떠나고 싶지 않아서 동쪽 주변으로 새 가게를 알아봤
고요.

이전이 결정되었을 때 많은 분의 응원이 있었어요. 영업 마지막 주간을 잊지 못해요. 그때 따뜻한 위로를 많이 받았죠. 시간이 지나도 그때의 기억을 떠올리면 마음이 뜨거워져요. 지금도 간혹 종달리에 왔던 친구들이 그때 그곳에서 찍은 필름을 현상해서 주거나 손편지를 써주면 그거 보면서 같이 울어요. 그 기억 때문에 여행가게를 계속하고 싶은 거예요. 더 잘하고 싶은 욕심도 들고요. 그래서 이전하고 걱정은 더 커졌지만 그만두겠다는 생각은 안 했어요. 무조건 한다고 다짐했죠. 나는 기다리는 사람이 된 거니까요. 여기를 기억해주는 분이 언제 찾아올지 모르겠지만 나는 이제 열린 공간을 지키는 사람이 됐잖아요. 그러니까 그걸 중요하게 생각하고 지켜나가고 있어요.

여행가게는 바로 대표 정양미를 표현하는 공간이네요.
그렇다면 여행가게의 키워드는 대표님의 정체성이라고도 할 수 있겠는데요? 키워드가 궁금합니다.

첫 번째 키워드는 '여행'이요. 여행은 처음에는 도피이자 피난처였고, 나중에는 시야가 넓어지는 일이었어요. 여행의 근본적인 뿌리는 '나를 만나는 시간'이에요. 누구랑 같이 갔는지, 어디에 갔는지도 중요하지만, 어느 여행지를 가도 감흥이 없을 때가 있어요. 누구는 인생에서 꼭 가봐야 한다는데 막상 갔을 때 내 감정과 상태가 좋지 않으면 별로잖아요. 그러면서 나를 돌아보는 거죠. '에펠탑을 봤는데 생각보다 별로고. 다리 아픈데 쉬지도 못하고 그냥 호텔로 돌아왔어.' 이런 경우가 많잖아요. 생경한 것을 보는 여행도 좋지만, '나를 만나는 시간'이 되어준 여행이 더 좋아요.

두 번째는 '향긋함'인데요. 저는 시각적인 걸 좋아해서 우리 나라에서 볼 수 없는 건축물이나 유적을 보는 게 큰 경험이라고 생각했거든요. 그런데 시간이 지나니까 그런 것들은 사진이 아니면 기억나지 않아요. 뭐가 기억에 남냐면 그때 그 골목을 걸으면서 마시던 차 냄새, 그 나라에서 먹었던 음식 냄새, 골목길 쓰레기 냄새 같은 것들, 그리고 사람 냄새… 그런 것들이 기억에 남아요. 시각적인 것을 좋아하는 줄 알았는데 사실은 후각에 예민한 사람이었구나를 그제야 깨달았죠. 그래서 차가 되게 맛있어도 거기서 나오는 향들이 더 좋아요.

마지막 키워드는 '안온함'이에요. 요즘 나의 화두예요. 여행은 즐겁게 오는 분도 있지만 조금 쓰라린 기억 있는 분도 오잖아요. 뭔가를 정리하기 위해서 또는 새로운 시작을 다짐하기 위해서 오는 분이 있어요. 그런 분이 은연중에 보여요. 혼자만의 시간을 위해서 온 분들이 편안하기를 바라게 돼요. 여기 있는 순간만큼은 고민이나 어떤 결정들이 안온했으면 좋겠다 생각했어요. 제가 이 가게를 항상 같은 시간에 여닫는 이유이기도 하고요. 그러려면 공간만 여기 있다고 되는 게 아니에요. 공간지기가 중요해요. 여기 있으면 내 분위기나 이미

지가 굉장히 영향을 주거든요. 주어진 역할을 감당하기 위해서 우선 나 자신을 지켜내야 해요. 내가 있어야 공간도 있고 공간지기 역할도 할 수 있어요. 그래서 마음을 다듬기 위해 쓴다던가 기도한다던가 해요. 혼자 운전할 때는 말 연습을 잠깐씩 해요. 예민하게 물어보거나 무례하게 말했던 손님에게 조금 더 담백하게 대응해도 좋았을 텐데 하면서 좀 더 다정해지는 말을 다듬고 연습해요. 모두가 안온했으면 좋겠어요.

오후 1시부터 밤 9시까지 열었어요. 조그만 냉장고에 아이스크림을 넣고 아이들이
오면 꺼내줬어요. 참새방앗간처럼 아이들이 아이스크림을 먹고 갔죠. 시골은 밤에 갈
곳이 없는데, 저녁이 되면 게스트하우스 스태프들과 여행자가 와서 뱀 나온 이야기,
지네 나오면 잡는 방법, 소문난 맛집 등 온갖 정보를 나누며 소곤댔어요. 가로등 없는
깜깜한 시골에서 불을 켜고 있다는 게 의미 있었죠. 그곳에서는 사람들과 만나서 하는
모든 것이 자연스럽고 다정했어요.

○

키라네책부엌 이금영 대표는 '오래 일하기 위해서' 입장료가 있는 예약제로 책방을 운영한다. 서울에서 특목고 입시강사로 교육기업에서 근무했던 그는 안정된 직장과 안전한 집에서 현재만 생각하는 삶을 살았다. 앞만 보고 내달리던 삶에 지쳐갈 즈음 원래 옳다고 생각했던 것들이 어쩌면 옳지 않을지도 모른다는 생각을 했다. 모아둔 돈은 부족하지 않았지만, 행복은 늘 부족했다. 그는 여행에서 놀고먹는 일에도 끝이 있음을 깨달았다. 무엇을 해서 어떻게 살아야 할지에 대한 의문을 품은 채 포르투갈에 있는 친구 집에 갔다. 그곳에서 일흔 살이 넘은 가사도우미 할머니가 아침 9시에 출근해 앞치마를 매고서 일하는 모습에 압도되었다. 자기 일에 자부심을 느끼고 일하는 노년을 만난 후 그는 자신의 미래를 생각하게 되었다. 삶의 가치관을 새롭게 세웠다. 어떻게 나이 들어야 할지를 고민했다. 그는 제주에 살면서 할머니들을 쫓아다녔다. 그들에게서 배운 삶이 키라네책부엌에 담겨 있다.

살던 곳이
일터가 되려면?

키라네책부엌

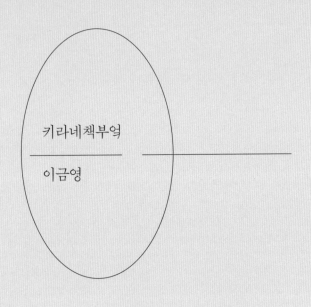

키라네책부엌

이금영

"내가 좋아하는 건 음식에 담긴 이야기예요. 음식 자체나 식재료에 대한 기술 또는 레서피가 아닌 음식 이야기. 그래서 요리 책방이 아닌 음식 관련된 이야기가 있는 책방을 해야겠다 생각했죠."

키라네책부엌은

어떻게 시작하게 되었어요?

여기는 제가 살던 집이에요. 같은 돈이면 다른 나라에 가지 왜 제주도엘 갈까, 싶어 처음엔 제주도를 별로 안 좋아했어요. 제주도에 관광객으로 왔을 때 관광지만 다녔으니까 그랬던 거예요. 그런 제가 이곳에 살았고 살던 집에 책방까지 열게 되었어요. 어떻게 살아야 할지 고민했고 여행하며 사람을 만났고, 그 고민과 사람들 덕분에 키라네책부엌까지 하게 되었어요.

긴 이야기가 될 것 같은데요.

시간을 거슬러 볼까요?

2014년에 제주도에 혼자 여행을 왔어요. 서쪽에 있는 게스트하우스에서 묵었는데, 마침 원래 이 집에 살던 언니가 제주

서쪽에 1박 2일로 여행을 왔어요. 언니와 우연히 만나 이야기를 나눴어요. 말이 잘 통해서 되게 괜찮은 언니다, 생각하고는 헤어졌어요. 그때 페이스북 친구를 맺었고, 연락처도 알았지만 서로 애써 안부를 묻지는 않았어요. 3년 정도 지났을 때였나? 2016년에 제가 산티아고 순례길을 걷고 사하라사막에 갔다 왔는데, 그때 언니가 페이스북에서 그걸 보고 연락한 거예요. 갑자기 연락해서 미안한데 똑같은 루트로 여행 가고 싶다고 정보를 줄 수 있냐는 거죠. 그게 뭐가 어려운 일인가요. 줄 수 있다고 했죠.

설마 비어있는 동안

그 집에서 살겠냐는 제안을 받았어요?

제주도에 사는 사람들은 여행을 잘 안 가고 혹시나 가게 되어도 꽤 긴 일정을 잡거든요. 언니는 외국에 3개월 동안 간다는 거예요. 그래서 "3개월 동안 외국 가면 제주도 집은 어떡하냐? 그 집에 강아지와 고양이도 있다면서 개네들은 어떡하고 가냐?" 물었더니, 안 그래도 큰일 났다고, 자기 집에 오기로 했던 사람들이 못 오게 되었다고 언니가 말하는 거예요. 그래서 제가 아무 말이나 막 던져버렸죠. "내가 갈까?" 그러고는 그다음 날 여기로 왔어요(웃음). 연차를 몰아 썼어요. 오기 전에 언니가 "우리 집 시골이야. 그래서 네가 못 살 수도 있어. 그러니 일주일을 살아보고 결정해" 그랬어요.

그 일주일이 지금까지 이어진 거예요?

그때는 집이 이렇게 생기지 않았어요. 집 앞 데크도 없었고
요. 주변은 비닐하우스로 덮여 있었어요. 멀리서 걸어오며,
'저게 과연 집일까? 설마 저 집은 아니겠지?' 했어요. 그런데
집을 안내해준 이웃이 저 집이라는 거예요. 망했다 싶었죠.
뭔가 잘못 선택했구나 하며 들어왔어요. 깜깜한 집에서 고양
이가 어슬렁어슬렁 나오는 거예요. 저는 동물과 살아본 적이

없거든요. 고양이랑 둘이 하룻밤을 보냈어요. 제주도 집 아시죠? 문 안 잠그는 거. 처음 왔을 때 문고리에 나무 막대기가 걸려 있는 거예요. 툭 치면 문이 열려요. 모든 게 제가 살던 세상과 달랐어요.

아침에 일어나서 보니까 텃밭이 있어요. 가서 텃밭에 있는 상추랑 바질이랑 이런 거 저런 거 뜯어다가 샐러드를 해서 커피를 내려 마셨는데 완전 행복한 거예요. 그래서 일주일을 있게된 거죠. 마음이 편하고 좋았어요. 그러고는 내가 이 집을 3개월 동안 지키겠노라 했어요.

하던 일을 정리하셨어요?

서울 가서 집을 내놓고 회사를 정리했어요. 바로 제주로 와서한 달 동안 제주 언니들에게 제주 생활에 대해 배웠어요. 이집에서 같이 머물면서 강아지 산책, 고양이와 지내는 법… 이런 것을 배웠어요. 3개월 살아보고 괜찮으면 여기 진짜 살아봐야겠다고 생각했어요. 현지 토박이들도 많이 알게 되었고요. 이곳은 제가 알던 관광지가 아니었죠. 완전 로컬이고 주변에 할머니들밖에 없고요. 좋은 분들 속에서 3개월이 순식간에 지나갔어요.

슬슬 뭘 하며 살지 고민했겠네요?

일단 여기 말을 하나도 못 알아 듣겠는 거예요. 같은 대한민

국이지만 언어와 문화가 달라서 우선 봄여름가을겨울 한 해를 그냥 겪어보기로 했어요. 도대체 여기가 어떤 곳인지를 알아야지 내가 뭘 하면서 살지, 알게 될 거라 생각했죠.

처음 1년은 새벽 5시에 일어나서 제주도 할머니들 따라서 귤따러 다녔어요. 다행히 저를 이쁘게 봐 주는 할머니 삼춘이 계셨어요. 처음부터 저를 잘 봐주신 건 아니에요. 무척 경계하셨죠. 귤 따는 팀에도 아무나 끼워주지 않는다고 해요. 그런데 저를 딸처럼 예뻐하며 데리고 다니는 할머니가 저를 끼워줬어요. 팀 대부분의 사람들 나이가 60대에서 80대였어요. 그런데 그 틈에 나이 어린 육짓것이 귤 따러 온 거죠. 그분들이 하는 말이 무슨 말인지 하나도 못 알아듣겠어요. 그때 알았어요. 외국인 노동자의 심정이 이렇겠구나.

그래서 제주말을 배우셨군요.

그 말 무슨 뜻이에요? 하며 삼춘들이 쓰는 단어 뜻을 물어봤어요. 손녀한테 말하는 것처럼 모두 친절하게 알려주는 거예요. 삼춘들 덕분에 제주말을 진짜 빨리 배웠어요. 제가 5년 차인데 지금은 잘 알아들어요. 통역도 할 수 있어요. 하지만 말하기는 아직 안 돼요. 외국인 노동자가 한국에 오래 살고 한국말 해도 외국인인 게 표시 나듯이 저도 똑같아요. 제가 제주말 써도 "쟤, 육짓것이구나" 하고 알아보시죠.

1년 동안 제주에 대해서 많이 배웠겠네요.

제주말도 빨리 배우고 문화도 빨리 배웠어요. 저희가 항상 도시락을 싸서 갔거든요. 제주도 사람은 텃밭에서 다 길러서 먹거든요. 점심때 도시락 열면 제주의 봄여름가을겨울이 다 들어있어요. '제철인 호박잎 먹는구나', '지금은 콩나물 먹을 때구나' 그러면서 제주 음식을 배웠어요. '아, 이래서 된장을 기본으로 한 음식이 많구나', '그래서 고춧가루나 고추장을 안 쓰는구나…' 하고 깨달아갔죠. 그다음에 날것으로 먹는 이유도 배우고요. 돈 주고 사 먹을 수 없는 귀한 음식을 많이 먹었어요.

1년이 지나고 무엇을 해서

밥벌이를 할지 찾은 거예요?

처음엔 육지로 돌아갈까 고민했어요. 사람도 좋고 환경도 좋고 공간도 좋은데 경제적인 게 해결이 안 됐어요. 여기에 혼자 왔기 때문에 의논할 상대가 없었어요. 제가 답답하거나 스트레스를 받으면 책을 몰아보는 습관이 있어요. 제주도는 도서관이 잘 되어 있어요. 제남 도서관은 책을 10권이나 빌려줘요. 그래서 책 100권 읽기를 했어요. 도서관에서 주야장천 책만 읽었어요.

저는 나이가 들면 음식과 관련된 일을 하고 싶었어요. 이렇게 얘기하면 요리 관련 일을 한 줄 아시지만, 전혀 안 했고요. 서울 살 때 스트레스 해소하는 방법이 음식 관련된 영화나 소설, 에세이를 보는 거였어요. 그런 책들과 그런 영화들을 끊임없이 보면서 나이 들면 음식 관련된 일을 해야겠다 했죠. 내가 치유 받은 것처럼 나도 다른 사람한테 똑같은 일을 해주고 싶었어요. 막연하게 그냥 꿈만 꿨어요. 소심한 장래희망이었어요.

도서관에서 동네책방에 관련한 책을 많이 빌려왔어요. 당시만 해도 제주도에 지금처럼 책방이 많지 않았어요. 그 책들 읽으면서 우리 동네에도 이런 책방이 하나 있었으면 좋겠다 생각했죠. 그러면서도 마음으로는 '아니야, 나는 음식 관련 일을 해야 하는데 무슨 동네책방이야?' 이러는 거예요. 두 가지 마음이 왔다 갔다 했어요. 그러다가 어느 날 문득 이런 생각이 들었어요. '음식 관련된 일이 꼭 식당일 필요 없잖아? 음식 관련된 이야기를 담은 책방을 운영해보는 건 어떨까?'

그때에도 이 공간에서

지내고 있었어요?

그때는 다른 집에 살았어요. 다시 이 집으로 돌아올 거라고는 생각하지 못했어요. 보일러도 안 되고 수리할 게 많은 집이었거든요. 그런데 책을 읽으며 고민할 때 이 집에 살던 언니들이 갑자기 이사를 한 거예요. 집이 비어있었죠. 왜 그랬는지는 아직도 모르겠어요. 주인 삼춘한테 이 집을 빌려달라고 했

어요. 삼춘이 뭐 할 거냐고 물어서 모른다고 했죠. 그때까지
만 해도 책방을 열 생각은 아니었거든요. "모르는데 왜 빌려
줘야 하냐"는 삼춘을 억지로 졸라서 빌린 거예요. 그러고선
여기서 뭐 할지 생각하면서 책을 봤고요. 그러던 중에 음식
책방이 떠올랐고 시작하게 되었죠.

키라네책부엌이 만들어지기까지
여러 단계를 거쳤군요

이론적인 것을 우선 다 파악했어요. 동네책방을 통해서 '책
팔아서 절대 먹고 살 수 없다'는 것도 배웠고요. 인터넷에 요
리 책방을 찾아봤더니 있더라고요. 음식을 좋아하긴 하지만
정확히 표현하면 내가 좋아하는 건 음식에 담긴 이야기예요.
음식 자체나 식재료에 대한 기술 또는 레서피가 아닌 음식 이
야기. 그래서 요리 책방이 아닌 음식 관련된 이야기가 있는
책방을 해야겠다 생각했죠.

세 개의 카테고리로 나눴어요. 첫 번째는 내가 좋아한 음식
이야기가 담긴 에세이나 소설책으로 구성하고, 두 번째는 음
식 관련 소품을 진열했어요. 책방 운영하기 전에 홋카이도에
서 한 달 동안 일본 가정집에서 살았는데요. 그 부엌에 '와, 이
거 한국에 있으면 진짜 좋겠다' 하는 소품들이 많았어요. 유용
하게 쓸 수 있는 작은 소품을 두 번째 카테고리에 배치했어요.
세 번째는 정직한 생산자가 만든 건강한 식재료로 구성했어

요. 제주도에는 정말 많은 6차산업이 있는데 다들 잘 몰라요. 좋은 제품들이 많은데 그중에서도 귤사믹을 제일 좋아해요. 귤로 만든 발사믹식초인데, 이게 우리나라에만 있어요. 근데 사람들이 전혀 모르는 거예요. 또 육지에 있는 제품도 그것만

의 이야기가 있고 건강한 원료를 쓴다면 선택해서 가져다 놓았어요. 예를 들면, 프랑스 농부가 한국에서 직접 농사를 지어 재배한 사과로 만든 와인 같은 것들. 그만의 이야기가 있고 정직한 농부가 건강하게 가꿔낸 제품 중에서 잘 알려지지 않은 것들을 여기서 팔았어요.

예약제 책방이라는
운영방식이 독특해요.

처음부터 그랬던 건 아니에요. 이 공간을 만들 때 마음이 뭐였냐면, 이 집에 살면서 느꼈던 편안함을 사람들이 누렸으면 했거든요. 책방을 운영해본 적이 없어서 1년 동안은 어떤 손님들이 책방에 와서 뭘 하는지 지켜봤어요. 책방 열고 얼마 지나지 않아서 운 좋게 매체 인터뷰를 하게 되었어요. 갑자기 사람들이 와서 사진촬영을 엄청나게 하는 거예요. 아무것도 안 보고 들어오자마자 사진만 찍고 갔어요.

그리고 처음엔 손님들에게 차를 그냥 드렸어요. 그랬더니 그 다음에 그분이 지인들을 몰고 와서 모임하듯이 놀다 가는 일이 생겼어요. 그제야 책방을 이렇게 운영하면 안 되겠다 생각했죠. 여기는 과수원 안에 있어서 눈에 잘 안 띄고 마음먹지 않으면 오기 힘든 곳이에요. 그리고 온종일 책방을 지키는 게 비효율적이었죠. 그래서 예약제로 바꾸게 되었어요.

처음엔 전화 예약을 받았어요. 서울 있을 때도 저는 예약을 하곤 했어요. 왠지 안정감이 느껴지고 대접받는 기분이 들었 거든요. 내가 그렇게 느꼈던 것처럼 손님들도 느끼게 해주고 싶었어요. 자신을 위해서 이 공간이 마련되었다는 편안함을 주고 싶었죠. 그런데 노쇼가 생기기 시작했어요. 여기는 옛날 집이라 겨울이면 손님 오시기 한 시간 전에 보일러를 틀어요. 그런데 안 오시고, 연락도 안 되는 거죠. 어떤 경우는 예약 시 간이 훨씬 지나서 오기도 하는 거예요. 이런 시행착오를 겪다 가 네이버 예약으로 바꿔서 입장료를 받고 있어요. 카페에서 차나 커피를 배달시켜서 제공하고요.

책방에 입장료를 내는 경우는 드문데요.
주변 반응은 어땠어요?

처음에는 주변에서 난리도 아니었어요. '제정신이냐'부터 시 작해서 '무슨 책방을 예약해서 가?' 하며 많은 반대가 있었 죠. 그래도 제 뜻대로 했어요. 당일 예약 없이 찾아온 손님들 을 이곳은 예약제라고 알리고 다 돌려보냈어요. 옆에서 삼춘 이 보시고는 한 명이라도 더 받을 생각 안 한다고 야단이었 죠. 발길을 돌린 분 중에 다음 날 예약하고 다시 오시는 분들 도 있었어요. 너무 죄송했죠. 진짜 오고 싶었다는 거잖아요. 그렇게 예약제로 바꿔 가는 시기에 코로나19가 생기고, 지금 은 1시간 단위로 손님을 받고 있어요. 처음에는 6명까지 예약 을 받다가, 손님 중에 일행이 여럿일 수 있잖아요. 책방이 북

적거리면 책을 잘 볼 수가 없어요. 그리고 어르신들이 많이
사는 동네인데다 의료시설이 취약한 곳이라 이웃들에게 피
해를 주면 안 되겠다는 생각에 1시간 격차를 두고 한 팀만 받
기로 했어요. 책방을 예약제로 하는 이유와 처음 공사했을 때
마음가짐은 같아요. 여기 오는 사람들이 마음 편하게 머물다
가는 게 나의 목적인데, 다른 사람 때문에 마스크를 벗을 수
가 없고 마음 편히 있지 못하면 안 되잖아요. 그래서 한 팀만

받아요. 지금은 대부분 예약해야지만 올 수 있는 것을 알아요. 자연스럽게 받아들여 주니까 고마운 마음이에요.

한편으로는 고객 성향이 많이 바뀌기도 했겠어요.

사진만 찍으러 온 사람들이 없어졌고요. 정말 책을 좋아하거나 공간을 좋아해서, 또는 자신만의 시간을 즐기고 싶어서 오시는 분들이 대부분이죠. 손님들 만족도가 높아졌고요. 이 공간이 필요하고 책을 좋아하는 사람들이 오기 시작하니까 책도 훨씬 더 많이 팔려요. 많은 사람이 왔다고 해서 많은 책이 팔리는 건 아니거든요. 운영방식을 바꾸면서 저노 손님한테 더 집중할 수 있고 손님들도 더 좋아해 주시니까 모든 면에서 나아졌어요. 예약받는 이유를 하나 더 붙이자면 손님들 때문에 좋아하는 일을 놓치고 싶지 않아서예요. 제가 좋아하는 일, 제가 좋아하는 공간이잖아요. 정말 오래오래 이 공간을 유지하려면 예약을 받아서 결이 비슷한 사람들하고 만나야 한다고 생각했어요.

키라네책부엌이 추구하는 가치가 있다면
단어로 표현해주세요.

첫 번째는 정직입니다. 제 단점 중 하나가 표정을 숨기지 못하는 거예요. 싫고 좋음이 분명해서 얼굴에 다 드러나요. 누군가가 저를 속이는 것도 싫어하고, 저 역시 누군가를 속이지 못해요. 이게 책방을 운영하는 사람에게는 참 단점인데요. 아침에 책방에 출근할 때마다 이렇게 혼자 되뇌어요. '난 이금영이 아니다. 난 이금영이 아니다. 나는 키라네책부엌 사장이다.' 그런데 이게 어느 순간 이중적인 것처럼 여겨졌어요. '뭐야, 이금영이 키라네책부엌 사장이고, 키라네책부엌 사장이 이금영인데… 왜 자아를 분리하면서까지 힘들게 살까?' 그래서 요즘은 있는 그대로의 내 모습으로 출근합니다. 예전에 회사 다닐 때도 새로운 프로그램을 기획할 때면 제일 먼저 나 자신에게 물어봐요. 네 자식이면 이런 프로그램 믿고 맡기겠냐고요. 내가 내 자식을 위한 정직한 프로그램을 만들어야지 다른 사람들에게도 당당할 수 있으니까요. 책방에서 판매되는 식재료도 마찬가지예요. 우리 가족들에게 주고 싶은 건강한 식재료만 판매해요.

두 번째, 본질입니다. 음식을 예로 들어볼게요. 저는 퓨전 음식보다 식재료가 가진 본연의 맛을 살린 음식을 좋아해요. 식재료든 음악이든 문화든 어떠한 사물이든 그것들이 본래부터 가지고 있는 본질에 관심이 많아요. 그것들이 지닌 본질을 이해하고 난 다음에 퓨전이든 창조든 독창성이 나올 수 있다고 생각하거든요. 마찬가지로 저라는 사람이 어떤 기질을 가지고 있고 어떤 부류의 사람인지 알고 나서야 다른 사람들을 더 잘 이해할 수 있는 것처럼요. 이건 환경이나 공간에도 똑같이 적용되는 것 같아요. 제가 제주의 언어와 문화와 음식을 배워 알게 된 다음 제주를 더 잘 이해할 수 있었던 것처럼요.

세 번째는 감사입니다. 이 단어는 제주에 살면서 배운 가장 중요한 가치 단어예요. 저는 어릴 때부터 모든 게 풍요로운 환경에서 사랑을 많이 받고 자란, 결핍을 모르고 살았던 사람이에요. 그렇다고 제가 재벌집 딸은 아니지만요(웃음). 나에게 주어진 환경과 주변 사람에 대한 감사함을 모르고 살았죠. 하지만 제주에 살면서 제가 정말 많은 것을 누린 사람이라는 것을 알게 되었어요. 그리고 무언가를 나누고 베풀 기회가 있다는 것 또한 감사할 일임을 깨달았죠.

키라네책부엌이 추구하는 가치가 곧 대표님이 삶을 대하는 태도 같군요. 키라네책부엌을 통해 앞으로 이루고 싶은 것은 무엇인가요?

제주뿐만 아니라 제가 좋아하는 나라와 도시에 키라네책부엌을 열어보고 싶은 바람이 생겼어요. 키라네책부엌 in 발리, 키라네책부엌 in 홋카이도…. 그리고 키라네책부엌은 책방 콘셉트 말고도 음식과 관련된 새로운 콘텐츠를 준비하고 있습니다. 아직은 준비 중이어서 소개할 수 없지만, 언젠가 알려드릴 수 있기를요!

사진만 찍으러 온 사람들이 없어졌고요. 정말 책을 좋아하거나 공간을 좋아해서, 또는 자신만의 시간을 즐기고 싶어서 오시는 분들이 대부분이죠. 손님들 만족도가 높아졌고요. 이 공간이 필요하고 책을 좋아하는 사람들이 오기 시작하니까 책도 훨씬 더 많이 팔려요. 많은 사람이 왔다고 해서 많은 책이 팔리는 건 아니거든요. 운영방식을 바꾸면서 저도 손님한테 더 집중할 수 있고 손님들도 더 좋아해 주시니까 모든 면에서 나아졌어요.

○

버거스테이는 진태민 대표가 3년간 준비해서 2019년에 문을 연 음식점이다. 흔히 버거는 패스트푸드로 알려져 있지만, 그는 신선한 제주 로컬 식재료를 사용해 버거를 만든다. 손님들이 음식을 음미하고, 이야기 나누며 머물기를 바라서 주메뉴인 '버거'와 '스테이'를 합해 브랜드 네임을 지었다. 주메뉴는 소고기패티가 들어간 치즈버거와 돼지고기를 찢어서 만든 풀드포크BBQ버거다. 지은 책으로는 《제주에서 내 식당 창업하기》가 있다.

먹고 마시고
머물러라!

버거스테이

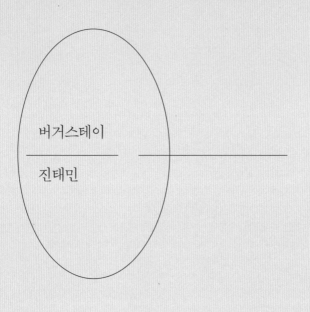

버거스테이

진태민

"정해진 시간에 문을 여닫는 일상에 익숙해지는 게 가장 중요해요. 매일 같은 시간에 문을 여는 게 어떤 사람에게는 당연한 일이지만 어떤 사람에게는 굉장히 어려운 일이거든요."

버거를 선택하신 이유가 있을까요?

11년 전 뉴욕에 갔을 때, 쉐이크쉑shakeshack 버거를 먹었어요.
그런데 패티가 미디움으로 구워져 나와서 고기 속이 시뻘건
거예요. 너무 깜짝 놀라 친구와 저는 컴플레인을 해야 하나
고민했어요. 버거패티도 미디움으로 구워서 먹을 수 있다는
사실을 몰랐고 영어를 잘하지 못해서 이유를 묻지도 못했죠.
그 버거가 지금은 프랜차이즈로 한국에도 판매되지만, 뉴욕
의 작은 매장이었을 땐 현장에서 직접 만들어줘서 미디움으
로 구울 수 있었던 거예요. 미디움으로 구우려면 신선한 고기
와 기술이 있어야 하는데, 그걸 제가 몰랐어요. 그때의 추억
과 지나고 나서 알게 되었을 때 느끼는 부끄러움에서 비롯된
내 자격지심이 지금 일의 원동력이 되어주었어요.

버거스테이   진태민

전공이 요리인데, 원래는 요리와

상관없는 일을 했다고요?

학교를 졸업하고 사회에 나오니 현실과 이상은 다르더라고요. 먹고 살려면 꿈을 좇기가 힘들고, 꿈만 좇으면 팍팍한 삶에 지치게 되더라고요. 요리 관련된 일은 근무시간에 비해 급여가 적었어요. 저는 그때 뭘 좋아하는지, 어떤 일을 해야 하는지 잘 몰랐어요. 우선은 판매업이나 조선소에서 일하면서 소위 현장에서 일 경험을 쌓았어요. 여러 경험을 쌓으면서 진짜 좋아하는 게 뭔지 생각했고 제주에 온 지 6년이 지나서야 진짜 좋아하는 일을 찾았어요.

'버거'를 소재로 가게를 열기까지

어떤 과정을 거쳤어요?

다양한 경험이 합해져서 버거스테이를 열 수 있었어요. 열여덟 살 때부터 요리를 시작해 학교와 군대에서도 요리와 관련된 일을 했어요. 그런데 막상 사회에 나와 보니 요리에 대한 지식이 부족하다는 생각이 들었어요. 그래서 부족함을 채워 나가고 싶다는 욕망이 컸어요. 제주에 와서는 야채 배달하는 일도 했고요. 동문시장 야시장에서 음식 파는 일도 했어요. 그러면서 내가 하는 모든 게 요리와 연결되어 있다는 것을 알게 되었어요. 책을 좋아해서 출판사에서도 일했는데요. 제가 처음에 제주에 정착할 수 있게 도와주신 분이 그 출판사 대표님이에요. 대표님이 꿈을 잃지 않도록 요리를 소재로 한 콘텐츠를 틈틈이 던져주셨어요. 그렇게 차츰 단계를 밟아갔어요.

버거스테이 메뉴는
어떻게 만들었어요?

다양한 종류의 버거가 있는데요. 그중 번, 치즈, 패티, 이 세 가지로만 맛을 내는 버거를 만들고 싶었어요. 시작할 때는 번, 패티, 치즈 위에 소스만 올라갔거든요. 근데 제 생각과 소비자의 생각이 다르더라고요. 그래서 루꼴라라는 채소를 올렸어요. 두 가지의 주메뉴가 있는데요. 한 가지는 치즈버거, 다른 하나는 한국인은 잘 먹지 않는데 돼지고기를 찢어서 만든 버거예요. 앞으로는 시즌별로 버거 한 가지를 더해서 세 가지 버거를 준비하려고요.

버거스테이만의 철칙이 있나요?

첫 번째가 신선한 재료를 취급하는 거예요. 그러다 보니 다른 가게에 비해 가격이 조금 높아요. 처음에는 가격을 낮추고 합의점을 찾을지, 아니면 제가 원하는 재료를 제공하고 합당한 가격을 받아야 할지 고민했는데요. 맛있는 재료로 신선하게 만들자라는 결론을 냈죠. 다행히 제가 찾아가는 방향이 맞단 생각이 들어요. 두 번째는 시간인데요. 저희가 11시 반에 시작해서 저녁 9시에 끝나요. 오시는 분들 모두 드시고 갈 수 있

게 재료 소진 없이 운영하려고 노력합니다.

두 가지 철칙 모두 재료와 관련이 있네요?

어느 날에는 버거 열 개를 판다면 어느 날에는 세 개만 팔려요. 재료의 양을 어떻게 맞춰 나가야 할지 고민인데요. 그때마다 조금씩 여러 번 준비하는 과정을 거쳐요. 하루 동안 판매할 분량을 미리 정해서 고기를 준비하고 채소를 여러 번 조금씩 손질해둡니다. 그리고 모든 재료를 제주산으로 쓸 수 없지만, 제주에서 나는 식재료를 쓰려고 노력해요. 판매처를 여러 군데 찾았고, 지금도 찾고 있고요. 소고기는 미국산을 사용하고, 돼지고기는 제주산을 사용하고 있어요.

버거스테이에서 '스테이'는
어떤 방법으로 이뤄지나요?

2020년에는 4월부터 10월까지 매달 한 번씩 모여서 음식 영화를 보고 이야기 나누는 자리를 마련했어요. 코로나로 인해 잠시 주춤했지만 2022년부터 '화끈한 플램핑'이라는 프로그램을 운영했어요. 1시간 동안 주변 골목을 다니면서 플로깅을 하고 버거스테이 또는 생산자 및 판매자가 운영하는 공간에 모여서 '파치'에 관한 이야기를 나눠요. 파치는 깨어지거나 흠이 나서 못 쓰게 된 농작물을 일컫는 말인데요. 제주에는 영양이 풍부하지만, 겉모습 때문에 버려지는 농작물이 많아요. 버려지는 농작물이 환경에 어떤 영향을 미치는지, 또 그런 농작물을 어떻게 활용할 수 있는지 등의 이야기를 나눈답니다.

그동안 진행한 모임은 어땠어요?

그것도 이상과 현실이 조금 달랐는데요. 저는 "오세요" 하면 될 줄 알았는데, 간단한 모임에도 기획과 탄탄한 내용이 필요하더라고요. 사람들이 왔을 때 어떻게 맞이해야 하고, 어떤 이야기를 해야 하고, 어떤 질문을 해야 하는지⋯ 모임을 진행하면서 그 과정을 배웠어요. 음식만 만들고 일만 하면 다른 생각을 얻기가 어려워요. 만나던 사람만 만나고 하던 일만 하니까요. 매달 한 번씩 모이는 그 시간이 저에겐 다른 생각을 얻는 기회가 되었어요. 또 버거스테이의 정체성을 찾아가는 데 큰 도움이 되었고요.

버거스테이의 정체성이 뭔지 궁금한데요?

제가 히말라야에 올라간 적이 있거든요. 마을마다 가정집에서 운영하는 숙소가 있는데, 거기서 음식을 해주세요. 그러면 다양한 나라 사람들이 모여서 음식을 먹으며 느긋하게 이야기를 나누거든요. 아침에 출발할 때는 동료가 되죠, 마을이 크지 않으니까 저녁에 다시 만날 수도 있어요. 저는 그런 과정의 느긋함을 버거스테이를 통해 표현하고 싶었어요. 천천히 머물다 보면 서로의 문화가 섞이는 게 가능하겠더라고요.

흔히 버거는 빠르게 먹는 간편한 음식처럼 보이지만, 대표님은 오래 머무르고 서로의 문화를 교류하는 느긋함이 공존하기를 원하세요.
현실과 이상에서 균형을 찾아가고 있을 텐데요. 균열이 생길 때는 어떤 노력을 하는지요?

정해진 시간에 문을 여닫는 일상에 익숙해지는 게 가장 중요해요. 매일 같은 시간에 문을 여는 게 어떤 사람에게는 당연한 일이지만 어떤 사람에게는 굉장히 어려운 일이거든요. 처음엔 잘 몰랐어요. 내가 원할 때 문 열고 내가 원할 때 음식 팔면 소비자가 와서 먹겠지, 하고 생각했어요. 손님들이 오는 시간이 정해져 있는 게 아니기 때문에 내가 기다리는 게 맞는 것 같아요. 또 어제 만 원어치 팔았는데 오늘은 천 원어치 팔았다고 슬퍼하거나 힘들어하면 일을 지속하기 어렵겠죠. 물론 오늘 만 원 벌었으니 내일은 10만 원을 목표 삼을 수는 있어요. 목표를 이뤘을 때는 잠시 기쁘겠지만 다음날 해이해지면 안 돼요. 정해진 시간에 문을 열어야 해요.

버거스테이를 통해서 이루고 싶은 것이 있나요?

저는 한 장소에 오래 머무는 여행을 좋아해요. 버거스테이의 '스테이'는 제주의 세화라는 작은 마을에 천천히 머물다 갔으면 좋겠다는 의미를 담고 있어요. 그러기 위해서 버거스테이에서는 다양한 모임을 만들어요. 요즘에는 사람들과 함께 음식과 관련된 이야기를 하면서 서로의 문화를 공유하고 있어요. 모인 사람들 중엔 버거스테이를 방문한 고객도 있지요. 저는 이곳이 손님과 함께 성장하는 공간이 되기를 바라요.

만나던 사람만 만나고 하던 일만 하니까요. 매달 한 번씩 모이는 그 시간이 저에겐 다른 생각을 얻는 기회가 되었어요. 또 버거스테이의 정체성을 찾아가는 데 큰 도움이 되었고요.

나는 2-30대를 서울에서 보내며 직장인과 프리랜서의 삶을 오고 갔다. 직장인일 때는 꿈 꾸던 일을 하지 못해 불행했고, 전업작가를 꿈꾸는 프리랜서일 때는 꿈이 막연한데다 너무 가난해서 불행했다. 꿈은 있지만, 불행하다는 생각을 버리지 못했다. 서울에서 일했던 마지막 회사에서 발행하던 매거진이 폐간하면서 다시 프리랜서가 되던 해, 코이카 국제봉사단원으로 우즈베키스탄의 소도시 페르가나로 떠났다.

페르가나는 우리 집 근방 4km 이내에서 모든 것을 해결할 수 있는 아주 자그마한 도시였다. 시장과 학교, 레스토랑, 카페, 공원, 도서관, 마트가 한곳에 모여 있고, 학교에서 학생들을 가르치고 운동 삼아 집까지 걸어오는 데 한 시간이 채 되지 않았다. 약속이 있는 날에는 일을 마치고 집에 들러 잠시 여유를 즐겨도 약속시간에 늦는 일이 없었다. 하루에도 몇 번씩 길을 걷다가 내가 가르치는 학생들을 만나곤 했다. 방학 때면 학생들은 직접 농사지은 제철 과일들을 비닐봉지에 담아서 집 앞에 찾아왔다. 서울에서는 상상할 수 없는 일이었다. 집 앞에 와서 "선생님, 집에 있어요?"라고 물어보는, 이웃이 친구이고 친구가 이웃인 그런 삶을 누렸다.

그때 이후로 로컬의 삶을 꿈꿨다. 물론 서울처럼 대도시에도 동네마다 특색 있는 로컬 가게가 있고 동네 친구를 사귈 수 있다. 다만 내가 꿈꾸는 로컬의 삶에 가닿기 위해서는 큰 회사, 성공의 척도, 사람들이 으레 모여드는 장소가 있는 서울이 아니라 '내가 살고 싶은 곳(지금은, 제주)'에서 자신만의 방식으로 삶을 일궈내는 사람들을 만나야 한다고 생각했다.

2년간의 페르가나 생활이 끝나고 무작정 제주로 왔다. 코이카 단원으로 개발도상국 지역 아이들에게 한국어를 가르치는 일이 그곳에 보탬이 되는 일이라 생각했듯, 제주라는 지역에서도 보탬이 되고 싶었다. 그게 정확히 무엇인지는 몰랐지만, 제주에 내려와 제주관광공사의 프로젝트에 합류하게 되었고, 제주도에서도 오지로 일컫는 한경면 고산리에서 2년 동안 로컬크리에이터로 활동했다. 그때 만난 로컬브랜드가 바로 요이땅삐삐와 책방소리소문이다. 같은 지역에 살았기 때문에 그들 가게가 처음 생겨나던 때부터 조금씩 성장하는 과정을 곁에서 지켜볼 수 있었다.

로컬크리에이터로 지내는 동안 나는 제주도에서 다양한 사람들을 알게 되었다. 그중에서도 제주관광공사에서 물심양면으로 협업해준 고한결 실장님, 그리고 결과물의 디자인을 맡아준 이승미 팀장님이 있다. 그들 덕분에 제주라는 지역을 더 깊이 이해할 수 있었고 진행하던 프로젝트도 무사히 마칠 수 있었다. 자본금이 없는 열악한 상황에서도 우리 셋은 날마다 모여서 어떤 가치를 가지고 어떤 일을 하면 좋을지에 대해 토론했다. 그리고 지금은 이 둘과 함께 '인플래닝'이라는 회사를 만들었다. 우리 중 가장 젊고 소통 능력이 좋으며 숫자에 능한 고한결 씨가 대표직을 맡고, 나와 승미 팀장님은 그의 날개가 되어서 3년째 함께 일하고 있다.

우리는 이제 한경면 지역뿐 아니라 제주 전역의 로컬브랜드를 만나서 인터뷰하고 있다. 인터뷰가 차곡차곡 쌓인 덕에 로컬매거진 〈sarm〉을 발행하였고, 지금은 인터뷰이들의 생각과 가치를 오프라인에서 전달하는 〈sarm 토크콘서트〉를 기획하고 있다. 그렇게 5년째 제주에서 로컬의 삶이란 무엇인지를, 로컬브랜드들을 만나고 이야기하면서 조금씩 발견해나가고 있다. 그리고 가장 궁극적인 목표는 그러한 과정을 통해서 내 삶이, 로컬브랜드를 일궈나가는 그들의 삶처럼 가치 있고 풍요로워지는 것이다.

인터뷰에 응해주신 모든 로컬브랜드 대표님들에게 감사드린다. 걸어서 갈 수 있는 단골가게부터 지인들에게 선물하고 싶은 제품을 만드는 가게, 누군가 놀러 오면 함께 가고 싶은 가게까지… 그들이 일궈낸 일터 덕분에 제주에서의 내 삶이 풍요로워졌다고 꼭 이야기해드리고 싶다.

2023년 가을
곽효정

제주 로컬브랜드 찾아보기

카페 단단 ●
제주특별자치도
제주시 관덕로4길 1-6 1층

클래식문구사 ●
제주시 관덕로4길 1-2

목리 ●
제주시 원노형로 51

문사기름집
제주시 애월읍 애월로7길 12 1동

소리소문
제주시 한경면 저지동길 8-31

애월읍

한림읍

한라산
국립공원

한경면

제

대정읍

서귀포시

● **워터벨롱**
서귀포시 안덕면 사계남로21번길 31, 1층

● **하윤이네 농원**
제주시 한경면 청수리 924

● **요이땅삐삐**
제주시 한경면 고산로 19

제주로부터
www.fromjeju.store

버거스테이
제주시 구좌읍 세화1길 20-18

라이스나이스
본점: 제주시 승천로 5 1층
세화 제분소: 제주시 구좌읍 구좌로 73

소농로드
제주시 구좌읍 비자림로 2615

라이스나이스

구좌읍

성산읍

키라네 책부엌
서귀포시 남원읍 신흥앞동산로 35번길 6-7

그린블리스
서귀포시 표선면 가마행남로 12

여행가게
서귀포시 남원읍 태위로 929

제주, 로컬, 브랜드

초판 1쇄 인쇄 2023년 10월 25일
초판 1쇄 발행 2023년 10월 31일

지은이 곽효정
사진도움 이승미, 진정은, 홍린

펴낸이 최정이
펴낸곳 지금이책
주소 경기도 고양시 일산서구 킨텍스로 410
전화 070-8229-3755
팩스 0303-3130-3753
이메일 now_book@naver.com
블로그 blog.naver.com/now_book
인스타그램 nowbooks_pub
등록 제2015-000174호

ISBN: 979-11-88554-72-0(03800)